Michael Peinkofer

TEAM X TREME

MISSION 1

ALLES ODER NICHTS

Michael Peinkofer

TEAM X TREME

MISSION 1
ALLES ODER NICHTS

Mit Bildern
von Daniel Ernle

BAUMHAUS VERLAG

ISBN 978-3-8339-3211-3

Umschlaggestaltung und Illustrationen: Daniel Ernle
Satz: Druck & Grafik Siebel, Lindlar
Gesetzt aus der DTL Documenta
Druck & Verarbeitung: CPI – Ebner & Spiegel, Ulm
Redaktion: Harald Kiesel

Die Veröffentlichung dieses Werkes erfolgt auf Vermittlung
der Autoren- und Verlagsagentur Peter Molden, Köln

Printed in Germany

Gesamtverzeichnis schickt gern:
Baumhaus Verlag GmbH
Scheidtbachstraße 23-31
D-51469 Bergisch Gladbach
www.baumhaus-verlag.de

5 4 3 2 1 09 10 11 12 2013

Charlotte „Charlie“ Dubois

Alter: 15
Augenfarbe: grün
Haarfarbe: blond
Herkunftsland: Frankreich
Beschreibung: Charlotte ist die Anführerin des Team X-treme, ein Mädchen mit messerscharfem Verstand und großem Verantwortungsgefühl. Sie genießt das volle Vertrauen von CONRAD. Die Sicherheit der Gruppe steht für sie an vorderster Stelle.
Besondere Fähigkeiten: Charlie ist Empathin. Das bedeutet, dass sie die Gefühle anderer Menschen erspüren kann.

Jan „Race“ Renner

Alter: 14
Augenfarbe: grau
Haarfarbe: hellbraun
Herkunftsland: Deutschland
Beschreibung: Jan ist der Draufgänger des Team X-treme. Wegen seiner außergewöhnlichen sportlichen Fähigkeiten wurde er als Spezialist für waghalsige Einsätze verpflichtet. Auf Partys fühlt er sich mindestens ebenso zu Hause wie auf dem Skateboard, das weibliche Geschlecht ist seine Schwäche.
Besondere Fähigkeiten: Race beherrscht zahlreiche Extrem-Sportarten und liebt alles, was schnell ist …

Kami „Camouflage“ Sanuk

Alter: 14
Augenfarbe: braun
Haarfarbe: blau (zurzeit)
Herkunftsland: Thailand
Beschreibung: Kami ist die Kommunikationsspezialistin des Team X-treme und eine zuverlässige Freundin. Ihren Spitznamen verdankt sie ihrer ausgeprägten Vorliebe für Tarnklamotten. Ihr Haar färbt sie sich dafür gerne farbig, was den Tarneffekt wieder aufhebt.
Besondere Fähigkeiten: Herausragende Kenntnisse im Umgang mit Computern und Technik aller Art.

CONRAD

Alter: 45
Augenfarbe: nicht zutreffend
Haarfarbe: nicht zutreffend
Herkunftsland: England
Beschreibung: CONRAD ist ein Avatar – das im Computer gespeicherte Bewusstsein des britischen Geheimagenten Conrad Leland, der einer Verschwörung auf die Spur kam und bei einem Anschlag ermordet wurde. Mit Hilfe des Vermögens, das er sich zeit seines Lebens erwarb, hat er die Stiftung X ins Leben gerufen, deren Ziel der Kampf gegen Unrecht und Verbrechen ist.
Besondere Fähigkeiten: Mit der gesammelten Erfahrung Conrad Lelands ist CONRAD der Auftraggeber des Team X-treme – aber auch ein kluger Ratgeber und väterlicher Freund.

Kyle Connor

Alter: 16 (geschätzt)
Augenfarbe: blau
Haarfarbe: dunkelbraun
Herkunftsland: unbekannt
Beschreibung: Kyle kann sich nicht an seine Vergangenheit erinnern, aber er verfügt über eine Anzahl ganz erstaunlicher Fähigkeiten, die er erst nach und nach an sich entdeckt. So hat er ein blitzschnelles Reaktionsvermögen und ausgeprägte Instinkte. Auf dem rechten Oberarm trägt er ein rätselhaftes Tattoo.

Mr. X

Alter: 38
Augenfarbe: braun
Haarfarbe: schwarz
Herkunftsland: USA
Beschreibung: Mr. X ist der ergebene Diener des Team X-treme; als Chauffeur und Pilot ist er ebenso im Einsatz wie als Trainer und Ausbilder. Einst war er Conrad Lelands Leibwächter und engster Vertrauter. Den Bombenanschlag auf seinen Chef überlebte er zwar schwer verletzt, ist seither jedoch stumm. Sein Gesicht, das vom Feuer entstellt wurde, verbirgt er unter einer Maske.
Besondere Fähigkeiten: Mr. X kann alles fahren, was Räder hat, und sowohl Hubschrauber als auch Flugzeuge fliegen. Außerdem ist er ausgebildeter Einzelkämpfer.

Bata Clava

Alter: 42
Augenfarbe: blau
Haarfarbe: schwarz
Herkunftsland: unbekannt
Beschreibung: Bata Clava ist einer der bestbezahlten Killer der Welt und für seine Gründlichkeit berüchtigt. Kaum jemand weiß, wie Clava aussieht, sein Gesicht verbirgt er meist unter einer schwarzen Maske.
Hinweis: Bata Clava steht auf den Fahndungslisten von 28 Polizeiorganisationen in aller Welt.
Er ist extrem gefährlich!

Prolog

Es war ein düsterer Ort.

Endlos scheinende Korridore.

Wände aus Panzerstahl.

Rot flackernde Alarmbeleuchtung.

Der glatzköpfige Mann, der einen weißen Overall trug und hinter einem großen Schaltpult stand, war der Herr über diese

Anlage – doch in diesem Augenblick fühlte er sich ganz und gar nicht so. Schweißperlen hatten sich auf seinem kahlen Schädel gebildet, und seine Hand, die den Telefonhörer hielt, zitterte.

„Was wollen Sie?", bellte eine Frauenstimme aus dem Hörer, unter der der Kahle zusammenzuckte wie unter Schlägen.

„E-es hat einen Zwischenfall gegeben", gestand er stockend.

„Welcher Art?"

Der Kahlkopf zögerte mit der Antwort. „Ein Code Rot", gestand er schließlich. „Einer unserer Schützlinge ... ist entkommen."

„Wer?", wollte die Frau wissen.

„Nummer 13", flüsterte der Kahle.

„Ich verstehe." Aus dem Hörer drang etwas, das sich wie das Zischeln einer Schlange anhörte. „Worauf warten Sie dann noch? Fangen Sie ihn wieder ein!"

„Das ... dürfte schwierig werden."

„Weshalb?"

„Nun", versicherte der Kahle, „natürlich haben wir sofort Alarm gegeben und alle nur denkbaren Sicherheitsvorkehrungen getroffen. Aber ich fürchte, dass ... dass ..."

„Ja?", hakte die Frau nach.

„... dass Nummer 13 möglicherweise Hilfe hatte", brachte der Kahlkopf den Satz widerstrebend zu Ende.

„Wie ist das möglich? Wurden nicht alle Mitarbeiter einer genauen Überprüfung unterzogen?"

„Durchaus, Mylady", versuchte der Kahle zu beschwichtigen. „Ich befürchte nur, dass die betreffende Hilfe nicht von innerhalb kam, sondern von außerhalb ..."

„Von außerhalb?" Aus dem Zischeln der Schlange wurde das Gebrüll einer Tigerin. „Und Sie wagen es, mir das so einfach mitzuteilen, noch dazu mitten in der Nacht? Haben Sie den Verstand verloren?"

Der Glatzkopf zitterte noch mehr. „Bitte, Mylady! Was hätte ich tun sollen?"

„Ihre Arbeit sollen Sie tun, Sie Schwachkopf! Wenn Sie dazu nicht in der Lage sind, werde ich jemanden schicken, der den Job an Ihrer Stelle erledigt. Aber Sie, Doktor, werden dann nicht mehr am Leben sein. Habe ich mich deutlich genug ausgedrückt?"

„Durchaus, Mylady, durchaus", versicherte der Kahlkopf und verbeugte sich, als ob seine Auftraggeberin direkt vor ihm stände. „Bitte glauben Sie mir, dass ich alles Menschenmögliche unternehmen werde, um die Sicherheitslücke ausfindig zu machen und zu schließen. Und natürlich werde ich alles daransetzen, Nummer 13 zu finden, ehe er ..."

„Das will ich hoffen, Doktor", fiel die Tigerin ihm ins Wort, „und zwar in Ihrem eigenen Interesse. Finden Sie den Flüchtigen und bringen Sie ihn mir – und es ist mir völlig egal, ob tot oder lebendig ..."

1

Ein böses Erwachen

Ligurische Küste, Italien
06.39 Uhr Ortszeit

Das Erste, was er hörte, war ein fernes Rauschen, und er wusste nicht, ob es Meeresrauschen war oder nur das Rauschen des Bluts in seinem Schädel.

Stöhnend kam er zu sich und schlug die Augen auf. Zu seiner eigenen Verblüffung stellte er fest, dass er bäuchlings auf dem Boden lag. Auf schmutzigen Holzbohlen, die so nach Fisch und Öl stanken, dass er schlagartig hellwach wurde und aufsprang.

Verwundert schaute er sich um. Soweit er es sagen konnte, befand er sich in einer Art Fischerhütte: Fässer, Eimer und Schwimmer lagen umher, zum Trocknen aufgehängte Netze hingen von der Decke. Und die Luft war voll beißendem Fischgeruch, der ihm fast den Magen umdrehte.

„W-wo bin ich?“

Die Frage war berechtigt, denn er wusste es nicht. Nicht nur seine Umgebung war ihm fremd, sondern auch der Klang seiner eigenen Stimme. Er konnte sich an nichts erinnern …

Durch ein kleines Fenster mit dreckigem Glas war das Meer zu sehen, dazu ein schmaler Steg, an dem ein Motorboot vertäut lag. Damit war immerhin geklärt, woher das Rauschen kam – alle anderen Fragen blieben jedoch bestehen.

Und mit jedem Augenblick wurden es mehr.

Weder wusste er, wo er sich befand, noch wie er an diesen Ort gekommen war. Noch viel schlimmer jedoch war, dass er noch nicht einmal wusste, *wer* er war …

Die Erkenntnis traf ihn wie ein Hammerschlag.

Er kannte seinen Namen nicht!

Verwirrt blickte er an sich herab, aber sein Körper und die Kleidung, die er trug – abgetragene Jeans und Chucks, dazu ein loses Hemd – kam ihm so fremd vor, dass es ihn schauderte. Seine Knie wurden weich, und er hatte Mühe, aufrecht stehen zu bleiben. An einem rostigen Nagel an der Wand hing ein fleckiger Spiegel, zu dem er benommen hinwankte. Das Gesicht, das ihm daraus entgegenblickte, gehörte einem Jungen von vielleicht sechzehn Jahren. Schmale Züge, kurze Nase, blaue Augen, dunkles Haar. Unterm Strich ganz sympathisch – aber gleichzeitig auch fremd.

„Wer bist du, Mann?“, fragte er den Typen im Spiegel. Eine Antwort bekam er natürlich nicht, dafür gewöhnte er sich allmählich an den Klang seiner Stimme.

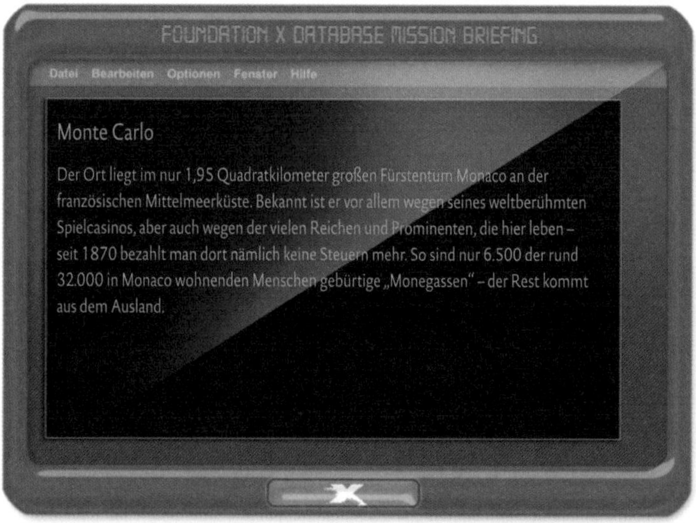

Er kämpfte die Panik nieder, die ihn überkommen wollte, und versuchte, einen klaren Gedanken zu fassen. Zuallererst brauchte er mehr Informationen! Wenn er wissen wollte, wer er war, musste er nach Hinweisen suchen, und damit fing er am besten bei sich selber an. Er klopfte die Brusttaschen des Hemdes ab, die allerdings leer waren, und wollte anschließend die Hosentaschen durchsuchen. Dabei schob sich der lose Hemdärmel an seinem rechten Arm nach oben und entblößte etwas, das ihm einen heiseren Aufschrei entlockte.

„Scheiße, was ...?"

Es war ein Tattoo.

Eine Tätowierung auf seinem rechten Arm, das Symbol eines Drachens.

Seltsam ...

Er schüttelte verständnislos den Kopf, durchsuchte nun doch seine Hosentaschen – und wurde fündig. Einen Kugelschreiber, einen zusammengerollten 50 Euro-Schein sowie ein Streichholzbriefchen zog er daraus hervor. Der Beschriftung nach stammte Letzteres aus einem Hotel namens „L'Ambassadeur" in Monte Carlo, das ein ziemlich nobler Schuppen zu sein schien. Auf der Innenseite des Briefchens war eine Zahl notiert: 828.

In der Gesäßtasche steckte außerdem ein Zettel, auf dem ein Name notiert war.

Kyle Connor.

Der Junge zog die Nase kraus und überlegte. Der Name sagte ihm nichts, aber das hatte nicht viel zu bedeuten ...

Plötzlich hatte er eine Idee. Er griff nach dem Kugelschreiber und schrieb „Kyle Connor“ auf den Zettel.

Das Ergebnis war verblüffend.

Die Handschrift stimmte überein!

„Mann“, keuchte er, atemlos über die Entdeckung. Was hatte das zu bedeuten? Er konnte sich nicht entsinnen, den Namen schon einmal aufgeschrieben zu haben, aber offenbar hatte er es trotzdem getan. Wozu? Um sich daran zu erinnern? War es etwa sein Name, der auf diesem Zettel stand ...?

Ein Geräusch von draußen unterbrach seinen Gedankengang. Ein Wagen schien sich zu nähern!

Rasch huschte er zum Fenster und spähte hinaus. Ein offener Jeep kam die Uferstraße herab. Zwei Männer hockten darin, die Sonnenbrillen und Lederjacken trugen und ziemlich fies aussahen. Im nächsten Moment bog der Wagen auch schon von der Straße ab und näherte sich der Hütte.

Kyle – vorausgesetzt, dass das sein Name war – wischte sich die Schweißperlen ab, die sich auf seiner Stirn gebildet hatten. Wer waren die Typen? Suchten sie nach ihm? Würde er nun endlich ein paar Antworten kriegen?

Der Jeep hielt an, und die Kerle stiegen aus. Sie sprachen einige Worte miteinander. Kyle war überrascht darüber, dass sie italienisch sprachen – noch ungleich mehr allerdings überraschte ihn, dass er jedes einzelne Wort davon verstand!

„In dieser Hütte muss er sein“, sagte der eine.

„Sehr gut“, entgegnete der andere, „fangen wir ihn wieder ein.“

„Und wenn er Probleme macht?“

„Dann machen wir kurzen Prozess ...“

Kyle zog scharf die Luft ein. Meinten diese Kerle etwa ihn? Gehetzt schaute er sich in der Hütte um, suchte nach einem Versteck – doch im nächsten Augenblick flog die Tür schon auf, und die beiden Lederjacken standen auf der Schwelle.

„Sieh an, Partner“, sagte der eine. „Wie’s aussieht, haben wir gefunden, wonach wir suchen.“

„Ja“, stimmte der andere zu und grinste. „Wenn das mal nicht unser Kandidat ist …“

„W-wer sind Sie?“, wollte Kyle wissen.

„Sehr witzig.“ Das Grinsen verschwand schlagartig. „Nach allem, was du dir geleistet hast, solltest du unseren Humor nicht zu sehr strapazieren. Wir hatten ziemlichen Ärger deinetwegen.“

„Tut mir leid“, versicherte Kyle ohne echtes Bedauern.

„Und deshalb wirst du jetzt keine Dummheiten machen und mitkommen“, fügte der andere Kerl hinzu.

„Ich soll mitkommen? Wohin?“

Die beiden Lederjacken tauschten einen langen Blick.

„Ist das zu glauben, Luigi? Da sucht man die ganze Zeit nach der kleinen Ratte, und dann will sie sich nicht wieder einfangen lassen.“

„Wirklich kaum zu glauben, Roberto“, stimmte der andere zu. „Nur gut, dass man uns nicht verschaukeln kann …“

Mit einer Handbewegung, die so selbstverständlich wirkte, als würde er das Licht anknipsen, griff der Italiener unter seine Jacke – und hielt plötzlich eine Pistole in der Hand!

Kyle ächzte entsetzt. „W-was soll das? Wollen Sie mich erschießen?“

„Wenn du uns keine andere Wahl lässt …“

Das breite Grinsen kehrte ins sonnenbebrillte Gesicht des Killers zurück – und Kyle wusste, dass er etwas unternehmen musste. Sein Blick flog zum Deckenbalken hinauf, von dem eines der Fischernetze herabhing, und ohne auch nur ein weiteres Mal nachzudenken, handelte er.

Blitzschnell sprang er hoch, bekam die Maschen zu fassen und riss daran – und im nächsten Moment fiel das schwere Netz herab und begrub den einen Killer unter sich.

Der wurde von dem Gewicht zu Boden gerissen. Der andere – der mit der Waffe – reagierte blitzschnell und drehte sich weg, so dass das Netz ihn nur streifte. Und vor allem blieb der Arm mit der Pistole frei – und Kyle handelte erneut.

Mit einer Gewandtheit, die ihn selbst verblüffte, machte er eine Flugrolle über die Bodendielen, um schon in weniger als einer Sekunde wieder auf den Beinen zu stehen. Sein rechter Fuß flog hoch und traf den Killer genau am Handgelenk, worauf dieser die Pistole fallen ließ.

„Arrrgh!“, brüllte der Kerl erbost. „Du kleine Ratte …“

Was er sonst noch sagte, bekam Kyle schon nicht mehr mit.

Denn noch ehe sich der Killer bücken und seine Waffe wieder auflesen konnte, war Kyle bereits an ihm vorbei und durch die offene Tür nach draußen gerast. Das grelle Tageslicht blendete ihn, aber er rannte trotzdem weiter, den Steg hinab, wo das Boot vertäut lag.

Seine Beine flogen über die Bohlen des Holzstegs, die unter seinen Füßen dröhnten. Dann hatte er das Motorboot auch schon erreicht. Hastig sprang er hinein und löste die Leine. Dass er nicht das geringste Problem damit hatte, einen sorgsam geknüpften Seemannsknoten aufzubekommen, fiel ihm im Eifer des Augenblicks nicht einmal auf – denn inzwischen hatten sich seine Verfolger von dem Netz befreit und stürmten ebenfalls aus der Hütte, schallgedämpfte Pistolen im Anschlag.

„Stehenbleiben, du Ratte! Wirst du wohl …?“

Kyle antwortete auf seine Weise – indem er am Starter des Außenborders riss. Tuckernd sprang der Motor an, genau im selben Moment, in dem die Waffen der Killer Blei spuckten.

Kyle zog den Kopf ein und gab Gas. Er spürte, wie die Kugeln der Killer durch die Morgenluft pflügten und ihn nur knapp verfehlten. Das Motorboot nahm Fahrt auf.

Steil hob sich der Bug aus dem Wasser und zerteilte die Wellen, und der Steg mit den Killern fiel rasch zurück – aber erst, als er sich auf dem offenen Meer befand und die Lederjacken zu winzigen Punkten geschrumpft waren, nahm Kyle die Hand vom Gashebel und gönnte sich ein Aufatmen.

Das Motorboot wurde langsamer, und wie die Wellen, die ringsum wogten, schwappten auch die Fragen in Kyles Kopf hin und her.

Wer war er wirklich? Wieso hatten diese Kerle ihn umbringen wollen? Weshalb beherrschte er zwei Sprachen und wusste, wie man einen Seemannsknoten löste? Und wer, in aller Welt, hatte ihm diese Jackie Chan-Nummer beigebracht?

Kyle wollte Antworten, und dazu musste er den einzigen Hinweisen folgen, die er hatte.

Dem Namen eines Hotels in Monte Carlo.

Und der Nummer 828 …

2

Ein neuer Auftrag

Monte Carlo, Fürstentum Monaco
Hotel „Juvénile“
Drei Tage später

Der Rennwagen – ein Ferrari F1 F2004 – beschleunigte.

Wie ein Pfeil flog er die Gerade hinab, um dann wie auf Schienen durch eine enge Rechtskurve zu gleiten. Die Geräusche, die das Fahrzeug dabei machte, kamen nicht so sehr aus dem Motor, der nur ein leises Summen von sich gab. Vielmehr aus dem Mund eines vierzehnjährigen Jungen mit wirrem Haar, der auf dem Boden hockte, die Fernsteuerung auf den Knien, und den Ferrari von einer Kurve in die nächste jagte.

„Yeah“, kommentierte er dabei begeistert, „und wieder ein gekonntes Fahrmanöver, das Schumacher seinem nächsten WM-Titel einen großen Schritt näher bringt. Hat die Konkurrenz überhaupt noch eine Chance, bei …?“

„Sag mal, Race – hörst du überhaupt zu?“

Der Blondschopf seufzte.

„Race“ – das war er.

Eigentlich Jan Renner.

Aber da das englische Wort *race* nun mal „Rennen“ bedeutete und er eine ausgesprochene Vorliebe für alles hatte, was schnell war, nannte man ihn nur schlicht „Race“. Gleichzeitig war das auch sein Codename, und zwar ein ziemlich gelungener, wie er fand.

Das Mädchen, das ihn so energisch zur Ordnung gerufen hatte, war Charlotte Dubois, Codename Charlie. Charlie war fünfzehn Jahre alt und die Anführerin der Gruppe. Anfangs hatte Race es etwas seltsam gefunden, sich von einem Mädchen vorschreiben zu lassen, was er zu tun und zu lassen hatte. Aber erstens war Charlie ziemlich cool (jedenfalls für ein Mädchen), zweitens ein verdammt schlauer Kopf und drittens auch noch in der Lage zu fühlen, was andere Menschen empfanden. Das alles zusammen machte die junge Französin zur geborenen Anführerin – auch wenn sie, wie in diesem Augenblick, bisweilen ein bisschen nervte.

„Schon okay", versicherte er, während er Schumis Flitzer weiter durch das Hotelzimmer fegen ließ, unter dem Bett hindurch und über den Läufer. „Ich bin ganz Ohr."

Charlie strich sich eine Haarsträhne aus dem Gesicht und schaute ihn herausfordernd an. „Könntest du vielleicht für einen Moment damit aufhören, dich mit diesem lächerlichen Spielzeug zu befassen?", fragte sie streng.

„Spielzeug?" Race schnappte nach Luft. „Das ist kein Spielzeug, sondern ein exaktes und maßstabsgetreues Modell des Wagens, mit dem Schumi seinen letzten Weltmeistertitel holte."

„Spielzeug eben." Das andere Mädchen kicherte, das neben Charlie auf dem Bett saß und von einem Ohr zum anderen grinste. Ihr Name war Kami Sanuk, und sie war in Jans Alter. Am liebsten trug sie weite Hosen mit Tarnmuster, was ihr den Codenamen „Camouflage" eingetragen hatte, und ihre von Natur aus pechschwarzen Haare pflegte sie bunt zu färben. Zurzeit trug sie ein kräftiges Königsblau, das nicht nur ziemlich punkig aussah, sondern ihre asiatischen Gesichtszüge und ihre leicht gebräunte Haut auch gut zur Geltung brachte. Kami stammte nämlich aus Thailand, und mit ihrem natürlichen Talent für Computer und alles, was damit zu tun hatte, war sie der Technikspezialist des Team X-treme.

„Nachdem wir das geklärt haben", meinte Charlie unbeeindruckt, „kommen wir jetzt zu dem neuen Auftrag, den CONRAD uns erteilt hat. Kami, gibst du mir bitte das Foto auf den Schirm?"

„Klar", bestätigte die Technikexpertin und betätigte einige Tasten des Notebooks, das sie aufgeschlagen vor sich auf dem Bett stehen hatte. Eben noch war das Zeichen der Stiftung X auf dem Bildschirm zu sehen gewesen. Nun erschien ein verschwommenes Foto in Schwarzweiß, das einen Mann zeigte.

„Der Typ, den ihr hier seht, heißt Arno Kanga", erklärte Charlie dazu.

„Sehen ist gut", frotzelte Race, während er seinen Flitzer vor- und zurücksausen ließ. „Die Aufnahme ist ja total unscharf."

„Es ist eines der wenigen Bilder, die es überhaupt von Kanga gibt", belehrte ihn Charlie. „Der Mann zieht es vor, unbekannt zu bleiben, und dazu hat er auch allen Grund."

„Nämlich?", wollte Kami wissen.

„Laut CONRAD ist Arno Kanga ein professioneller Spieler, der rund um den Globus in den großen Casinos spielt. Sein Glück ist geradezu legendär.

„Und?", fragte Race. „Was ist so schlimm daran?"

„Dass er es nicht mit dem eigenen Vermögen tut, sondern mit Geldern, die aus Quellen des organisierten Verbrechens stammen", erklärte Charlie.

„Klingt ziemlich kompliziert."

„Nicht wirklich." Charlie schüttelte den Kopf. „Eigentlich ist es ganz einfach: Man gibt Kanga das Geld, damit er es in die Spielbanken trägt und damit spielt. Den Gewinn, den er dabei einstreicht, darf er behalten, der Einsatz wandert ohne Abzug wieder zurück an den Absender."

Race runzelte die Stirn und hielt den Wagen an. „Äh – und was bitte ist damit gewonnen?"

„Aber das liegt doch auf der Hand", sagte Kami. „Wenn eine Spielbank das Geld ausbezahlt, ist es sauber. Man kriegt sogar eine offizielle Quittung dafür."

„Genau das", stimmte Charlie zu. „Mit anderen Worten, unser sauberer Herr Kanga ist nicht nur ein professioneller Glücksspieler, sondern auch ein Ganove, der für das organisierte Verbrechen Geldwäsche betreibt."

„Okay, okay", meinte Race. „Wenn man das schon weiß, warum sitzt der Kerl dann nicht längst hinter Gittern?"

„Weil man ihm bislang noch nie etwas nachweisen konnte – und wenn man es doch versucht hat, hat sich Kanga stets mit ein paar flotten Millionen wieder freigekauft. Darum ist die Stiftung X nun aktiv geworden ..."

„... und hat uns geschickt, um dem Penner das Handwerk zu legen", vervollständigte Race und ließ Schumis Flitzer weiterfahren.

„So ungefähr." Charlies Blick verriet, dass sie sich anders ausgedrückt hätte. „Tatsache ist, dass der nächste große Coup hier in Monte Carlo stattfinden soll. Kanga ist gestern angereist und hat eine Suite im Hotel ‚L'Ambassadeur' bezogen. CONRAD zufolge hat er mehrere Millionen im Gepäck, die unter anderem aus Drogengeschäften stammen."

„Du meinst, er hat den Schotter wirklich dabei?"

„Natürlich nicht, Race – niemand trägt Millionen von Dollar einfach so in seinem Gepäck herum. Stattdessen hat Kanga auf Schritt und Tritt einen USB-Stick bei sich, auf dem die Zugangsdaten zu geheimen Nummernkonten in der Karibik gespeichert sind. So kommt er an sein Spielgeld. Und unser Auftrag besteht darin, ihm diese Daten abzujagen."

„Und dann?", fragte Kami.

„Der Plan der Stiftung X sieht vor, das Geld von den geheimen Nummernkonten abzuziehen und für wohltätige Zwecke einzusetzen – als Wiedergutmachung sozusagen. Außerdem wird Kanga auf diese Weise das Handwerk gelegt, denn wenn die Ganoven rauskriegen, dass er ihr Geld verloren hat, werden sie nicht mehr gut auf ihn zu sprechen sein."

„Cool", freute sich Race und ließ für einen Moment die Fernsteuerung los, um sich die Hände zu reiben. „Wir stehlen's also von den Reichen und geben's den Armen. Kommt mir irgendwie bekannt vor."

„Mir auch", stimmte Kami lachend zu.

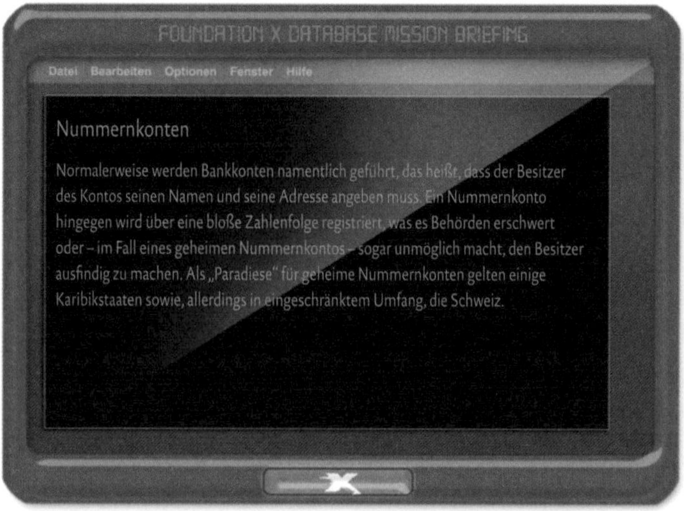

„Mit dem Unterschied, dass ihr nicht Robin Hood seid", wandte Charlie ein, „und das hier ist auch nicht der Sherwood Forrest, sondern die Wirklichkeit. Kanga ist gefährlich, Leute. Wenn er uns auf die Schliche kommt, wird er nicht mit Pfeilen schießen, sondern mit Kugeln."

Race verzog das Gesicht. Es war typisch für Charlie, dass sie immerzu die Vernünftige spielen musste – aber natürlich hatte sie Recht. Typen wie Kanga standen nicht von ungefähr auf den Fahndungslisten der Polizei. Man tat gut daran, sich ihnen nur sehr vorsichtig zu nähern, und das am besten mit der entsprechenden Ausrüstung .

„Natürlich", fuhr Charlie fort, während sie zwei kleine, längliche Schachteln hervorholte und sowohl Kami als auch Race je eine davon gab, „schickt CONRAD uns nicht ganz wehrlos auf diese Mission. Diese Armbanduhren werdet ihr ab jetzt immer tragen."

„Echt?", fragte Kami wenig begeistert, nachdem sie ihre Schachtel geöffnet hatte. „Diese Plastikwecker sehen ja ätzend aus ..."

„Korrekt“, pflichtete Race ihr bei. „Was hat der gute Edi denn da wieder verbrochen?“

„Am Design könnte Laborleiter Dr. Dickens noch ein wenig feilen, das stimmt“, gab Charlie zu, „aber das Innenleben hat es wirklich in sich. Jede dieser Uhren ist in der Lage, Pfeile mit einem Betäubungsserum zu verschießen, das innerhalb weniger Sekunden wirkt. Wenn euch also jemand angreift …“

„… betten wir ihn damit zur Ruhe“, brachte Race den Satz zu Ende. „Schon verstanden.“

„Besser ist es allerdings, es erst gar nicht zum Kontakt kommen zu lassen“, wandte Charlie ein. „Mit etwas Glück wird Kanga uns nicht einmal bemerken.“

„Du hast schon einen Plan?“, fragte Race verwundert.

„Allerdings. Wir werden heimlich in Kangas Hotelzimmer eindringen.“

„Wozu?“, wollte Kami wissen. „Ich glaube nicht, dass er den Datenstick einfach dort rumliegen lässt, oder?“

„Sicher nicht.“ Charlie schüttelte so entschieden den Kopf, dass ihr blonder Pferdeschwanz hin und her flog. „Kanga trägt das Ding rund um die Uhr bei sich und lässt es praktisch nie aus den Augen. Unser Einbruch gilt seinem Notebook, an dem wir ein wenig herumbasteln werden …“

„Verstehe“, erklärte Kami. „Wir spielen eins von meinen Hackerprogrammen auf, und wenn Kanga den USB-Stick das nächste Mal benutzt, loggen wir uns ein und klauen ihm die Daten. Das müsste klappen.“

„Wir sind uns also einig?“, fragte Charlie.

„Alles easy.“ Kami nickte.

„Und was meinst du dazu, Race?“

„Wie Kami schon sagte – alles easy“, erwiderte der Junge grinsend, dessen Aufmerksamkeit schon längst wieder Schumis rotem Flitzer gehörte …

Zimmerservice

Lobby des Hotels „L'Ambassadeur", Monte Carlo
Zwei Stunden später

Dass es sich beim Hotel „L'Ambassadeur" um eines der luxuriösesten Häuser am Platz handelte, war nicht zu übersehen,

Schon die Eingangshalle sah aus wie in einem Schloss, mit einer hohen, von Säulen getragenen Decke und einem Boden aus blankpoliertem Marmor. Glitzernde Kristalllüster spendeten Licht, ein Pianospieler sorgte für stimmungsvolle Musik.

Die Herrschaften, die im „L'Ambassadeur" verkehrten, waren entsprechend betucht – Damen und Herren in teurer Garderobe, die sich im Salon und an der Bar tummelten, um ein Schwätzchen zu halten oder den neuen Tag mit einem Gläschen Champagner zu begrüßen. Race wusste beim besten Willen nicht, was die Leute an dem Prickelzeug fanden. Er hatte einmal davon probiert und fand, dass es ziemlich grausig schmeckte.

Von seinem Posten am Empfang aus hatte er die Halle gut im Überblick. Er konnte sowohl den Eingang als auch die Aufzüge zu den oberen Stockwerken sehen. Wenn die Informationen richtig waren, musste Arno Kanga jeden Moment auftauchen. Dann würde die Vorstellung beginnen.

Flüchtig schaute Race an sich herab, um seine Tarnung zu überprüfen. Er kam sich ziemlich lächerlich vor in der knallroten Uniform des Hotelpagen, zu der auch das obligatorische Hütchen in Form einer runden Käseschachtel gehörte. Aber es war nun einmal Teil des Plans, dass er in diese Rolle schlüpfte – er konnte nur hoffen, dass man ihn nicht dabei erwischte.

Ein rascher Blick auf die Armbanduhr.

Fünf nach elf.

Eigentlich hätte Kanga längst auftauchen müssen.

Wo, in aller Welt, blieb der Kerl?

Mit wachsender Unruhe schaute sich Race um, aber weder konnte er Kanga drüben bei den Aufzügen entdecken noch am Eingang zur Bar, wo der Pianospieler saß und sein Instrument bearbeitete. Die Aufnahme, die Charlie ihnen gezeigt hatte, war ziemlich unscharf gewesen, so dass es an sich schon schwierig war, Kanga aufgrund dieser Fotografie zu identifizieren. Aber Race fand noch nicht einmal jemanden, auf den Kangas Beschreibung auch nur annähernd zutraf!

Wieder ein Blick auf die Uhr.

Acht nach elf.

Die Frage war, wie lange Kami den richtigen Hotelpagen würde ablenken können. Wenn der Junge herausfand, dass der angebliche Anruf von „Frankreich sucht den Superstar" nur ein Trick gewesen war, würde er ziemlich sauer auf seinen Arbeitsplatz zurückkehren. Bis dahin musste Race auf jeden Fall verschwunden sein.

Er überlegte sich, die Sache abzubrechen, als sich eine der Aufzugtüren plötzlich mit leisem Klingeln öffnete und ein etwa fünfzigjähriger Mann ausstieg, der nicht sehr groß war, dafür aber ungeheuer wichtig aussah.

Arno Kanga!

Spärliches schwarzes Haar, ein fein getrimmtes Kinnbärtchen, die untersetzte Statur in sündhaft teuren Armani-Zwirn gehüllt – das musste er sein. Eigentlich, dachte Race, wirkte Kanga überhaupt nicht wie ein Verbrecher. Aber das war bei den bösen Jungs ja häufig so …

Zielstrebig kam Kanga auf die Empfangstheke zu. Race straffte sich und holte Luft für seinen Auftritt.

„Guten Morgen, *Monsieur*“, flötete er mit breitem französischen Akzent. „Was kann isch für Sie tun?“

„Mein Name ist Kanga“, erklärte der Ganove knapp, wobei er Race kaum eines Blickes würdigte. „Ich bewohne die Suite mit der Nummer 828. Wurden irgendwelche Nachrichten für mich hinterlegt?“

„Äh … *Non, Monsieur*“, erwiderte Race schlagfertig. „Nischt, dass isch wüsste.“

„Gut.“ Kanga nickte, dann griff er in die Innentasche seines Jacketts und legte ein Plastikkärtchen auf die Theke. „Hier ist der Zimmerschlüssel, bewahren Sie ihn bitte für mich auf."

„*Oui, Monsieur.*" Race nickte beflissen, während er die Schlüsselkarte an sich nahm.

„Falls mich jemand zu sprechen wünscht – ich bin im Casino."

„Sehr wohl, *Monsieur*. Dann wünschen wir Ihnen viel Vergnügen und ein glücklisches 'ändschen beim Spiel."

„Danke", erwiderte Kanga mit einem siegesgewissen Lächeln. „Das werde ich gewiss haben."

Race verkniff es sich zu erwidern, dass er sich da keineswegs so sicher war. Er wartete ab, bis Kanga den Ausgang erreicht und die Lobby verlassen hatte, dann verließ er seinen Posten und bog in den schmalen Gang ab, der in den Servicebereich des Hotels führte. Dort wurde er bereits sehnlich erwartet.

„Da bist du ja endlich", zischte Charlie mit besorgtem Blick. „Ich dachte schon, etwas wäre schiefgegangen."

„Soll das ein Witz sein?", fragte Race und musste grinsen – denn genau wie er hatte sich auch Charlie zu Zwecken der Tarnung verkleidet. Anders als Race war sie aber nicht als Piccolo unterwegs, sondern als Zimmermädchen, was bedeutete, dass sie ein schwarzes Minikleid mit einer spitzenbesetzten Schürze darüber trug. Ein schneeweißes Häubchen, das auf ihrem hochgesteckten Haar thronte, vervollständigte die Kostümierung.

„Ein wirklisch 'übsches Kleid tragen Sie da, *Mademoiselle*", kommentierte Race, jetzt wieder mit französischem Akzent. „*Très chic*, so eine Verkleidung als Zimmermädschen, wirklisch. Und erst das schicke 'äubschen, das Sie da tragen ..."

„Halt bloß die Klappe", zischte Charlie giftig. „Gib mir lieber den Schlüssel."

„Hier – aber sieh dich vor, hörst du?"

„Keine Sorge", erwiderte sie, auf den kleinen Funkempfänger deutend, den sie im Ohr trug. „Schließlich bin ich ja nicht allein."

Damit drückte sie den Knopf des Dienstbotenaufzugs, dessen Türen sich mit leisem Zischen öffneten. Kurzerhand griff Charlie nach einem der doppelstöckigen Servierwägen, die an der Wand aufgereiht standen und mit Knabberzeug, Seifen und allerlei anderem Zeug für die Gäste bestückt waren. Sie schob den Wagen, der ihre Tarnung noch glaubwürdiger machte, in den Lift.

„Wir sehen uns später“, kündigte sie an.

„*A bientôt*“, erwiderte Race, und die Aufzugtür schloss sich.

Charlie war auf sich gestellt.

4

Eine unverhoffte Begegnung

„Kami, kannst du mich hören?"

Während der Lift sie nach oben trug, sprach Charlie leise in das kleine Mikrofon, das im Ärmel ihres Kleides versteckt war.

„Laut und deutlich, Charlie", kam Kamis Antwort aus dem kleinen Empfänger. „Interlink-Verbindung steht. Alles in Ordnung."

„Na schön", meinte Charlie mit verwegenem Grinsen, „dann machen wir dem sauberen Herrn Kanga jetzt mal das Zimmer zurecht …"

Der Aufzug blieb stehen und öffnete sich, und sie schob den Servierwagen hinaus. Der Gang zu Kangas Suite war nicht weniger protzig als die Eingangshalle, mit dunkelrotem Teppich, Kristallleuchtern und Gemälden an den Wänden.

Die Tür mit der Nummer 828 lag am Ende des Gangs. Mit einem Blick zurück vergewisserte sich Charlie, dass sie niemand beobachtete. Dann nahm sie die Schlüsselkarte und zog sie durch das Lesegerät. Mit leisem Klicken sprang das Schloss auf.

„Ich gehe jetzt rein", flüsterte Charlie, während sie die Hand auf den Knauf legte.

„Verstanden", bestätigte Kami über Funk.

Charlies Herz schlug schneller, als sie die Tür aufstieß. Dahinter sah es aus wie in einem Märchenschloss. Nicht nur, dass Kangas Suite so riesig war, dass sich einer darin verlaufen konnte, auch die Einrichtung mit den dunklen Antikholzmöbeln, den samtenen Vorhängen und dem Stuck an der Decke erweckte den Eindruck, als würde jeden Moment ein waschechter Prinz um die Ecke kommen (was allerdings ziemlich unwahrscheinlich war).

Charlie versuchte, unbeeindruckt zu bleiben, und schaute sich stattdessen nach dem Notebook um. Sie brauchte nicht lange zu suchen. Das gute Stück lag auf einem Schreibtisch, der vor einem großen Fenster stand. Dahinter waren das Spielcasino und der angrenzende Botanische Garten zu sehen, und noch weiter hinten das Meer, auf dem die Vormittagssonne glitzerte.

„Volltreffer, Leute", meldete Charlie. „Ich habe das Notebook gefunden."

„Sehr gut. Dann fahr es hoch und spiel mein Programm auf."

„Sofort, Kami. Ich werde …"

Charlie verstummte, als ihr Blick auf etwas fiel, das ihr das Blut in den Adern gefrieren ließ. Dort am Fenster hinter einem der Samtvorhänge stand jemand!

Da er sich eng an die Wand drückte, war keine Ausbeulung im Stoff zu erkennen. Aber die beiden Füße, die unter dem Vorhang hervorlugten, verrieten den Fremden.

Wer mochte das sein?

Womöglich Kanga selbst, der die Falle gewittert hatte und Charlie nun auflauerte? Wohl nicht, sagte sie sich. Ganoven vom Schlage eines Arno Kanga trugen keine Chucks …

„Was ist?", wollte Kami über Funk wissen, die sofort bemerkt hatte, dass etwas nicht stimmte.

„Ich … ich weiß nicht", erwiderte Charlie leise, während sie sich langsam vom

Schreibtisch weg und auf den Vorhang zu bewegte. „Es kommt mir vor, als ob …“

„Als ob was?“, hakte Kami nach.

„Als ob ich hier nicht allein wäre!“, rief Charlie – während sie gleichzeitig nach dem Vorhang griff und energisch daran riss. Die Befestigung gab nach, und mit einem ratschenden Geräusch fiel der schwere Samt herab.

Dahinter stand – zu Charlies größter Verblüffung – ein Junge, der etwa in ihrem Alter war. Er hatte dunkles Haar und eine sportliche Figur, trug abgetragene Jeans und ein schmutziges Hemd. Und obwohl Charlie in heller Aufregung war, fiel ihr auf, dass er ziemlich gut aussah …

„W-wer bist du?“, fragte sie verblüfft.

„Das geht dich nichts an“, erwiderte der Bursche unfreundlich.

„Was machst du hier?“

„Dasselbe könnte ich dich fragen, schätze ich.“

„Ich bin Zimmermädchen, was sonst?“, erwiderte Charlie, auf ihre Uniform deutend.

„Klar.“ Der Dunkelhaarige grinste breit. „Und ich bin der Hotelmanager.“

„Was soll das heißen?“

„Das soll heißen, dass Zimmermädchen sich nicht im Flüsterton unterhalten und Selbstgespräche führen. Und sie haben normalerweise auch keinen Knopf im Ohr …“

„Charlie, was ist los bei dir?“, erkundigte sich Kami über Funk – für Erklärungen war allerdings keine Zeit.

„Okay“, sagte Charlie stattdessen zu dem Jungen, „sieht ganz so aus, als hätten wir hier beide nichts zu suchen.“

„Offensichtlich.“

„Und was jetzt?“

„Ich könnte sagen, ich hätte dich nie gesehen“, schlug der Junge vor, der offensichtlich ebenso wenig Ärger haben wollte wie sie. „Und du könntest sagen, du hättest mich nie gesehen."

„Könnte ich." Charlie nickte. „Und was, wenn du lügst?"

„Darauf wirst du's wohl ankommen lassen müssen." Der fremde Junge feixte.

„Und wenn ich das nicht will?"

„Ich würde dir nicht raten, es auszuprobieren", warnte der andere, und Charlie konnte fühlen, wie sich seine innere Haltung veränderte. Eben noch war er nur wachsam gewesen, jetzt ging Gefahr von ihm aus wie bei einem Panther kurz vor dem Sprung.

Charlie überlegte noch, was sie tun sollte, als sich Kami wieder meldete: „Hör zu, Charlie, ich weiß nicht, was du da oben treibst. Aber gerade hat mich Race darüber informiert, dass Kanga ins Hotel zurückgekehrt ist. Ich wiederhole: Kanga ist auf dem Weg zurück zu seinem Zimmer ..."

„Verstanden", bestätigte Charlie nur.

„Was hast du verstanden?", wollte der fremde Junge wissen.

„Ganz einfach", gab Charlie kurzerhand zur Antwort, während sie den linken Ärmel ihres Kleides zurückschob, so dass ihre Armbanduhr sichtbar wurde. „Ich habe verstanden, dass dieses Gespräch schon viel zu lange gedauert hat."

Und ehe der Junge auch nur etwas erwidern konnte, betätigte sie die Abschussvorrichtung an ihrer Uhr.

Mit leisem Zischen schoss der winzige Betäubungspfeil auf den Fremden zu und bohrte sich in seine Brust – und einen Lidschlag später schlug der Junge bewusstlos zu Boden.

„Charlie!", fragte Kami, die über Funk den Aufprall gehört hatte. „Was ist da los? Melde dich!"

„Ich bin hier, keine Sorge", antwortete Charlie, während sie den Servierwagen neben den Bewusstlosen schob und sich daranmachte, ihn auf die untere Etage des Wagens zu hieven.

Das Tischtuch, das ringsum herabhing und fast bis zum Boden reichte, bildete ein ideales Versteck.

„Ich soll mir keine Sorgen machen? Du bist witzig – Kanga ist auf dem Weg zu dir, schon vergessen? Er ist bereits bei den Aufzügen."

„Race soll ihn noch ein paar Sekunden beschäftigen", antwortete Charlie, stöhnend vor Anstrengung. „Der Kerl ist schwerer, als er aussieht."

„Kerl? Welcher Kerl?"

„Erzähl ich dir später", erwiderte Charlie. „Der Einsatz ist hiermit abgebrochen. Pack deine Sachen zusammen und verschwinde. Wir sehen uns am Treffpunkt. Charlie Ende."

5

Extreme Verbündete

Hotel „Juvénile", Monte Carlo
Hotelzimmer des Team X-treme
13.19 Uhr Ortszeit

„Der Einsatz war also ein Fehlschlag?"

Es war die Stimme von Conrad Leland, die aus dem Lautsprecher des Notebooks drang. Wie immer klang sie ein wenig künstlich und verzerrt, dabei aber voll innerer Ruhe und Autorität. Dass CONRAD kein Mensch war, sondern ein Computerprogramm, eine künstliche Intelligenz, war eigentlich unvorstellbar. Dennoch war es so.

Denn jener Mann, der einst Conrad Leland geheißen und für den britischen Geheimdienst gearbeitet hatte, existierte nicht mehr. Er war getötet worden, ermordet bei einem hinterhältigen Anschlag. Sein gesammeltes Wissen und seine Erfahrungen jedoch waren in einen gigantischen Computer übertragen worden, wo sie in einem künstlichen Bewusstsein weiterlebten. „Avatar" wurde ein solches Computerwesen genannt, das lediglich auf Festplatten und in Schaltkreisen existierte, jedoch in der Lage war, wie ein Mensch zu sprechen und zu denken. Diesem speziellen Avatar hatte man den Namen C.O.N.R.A.D. gegeben. Zum einen war dies die Abkürzung für *cerebral online reacting avatar detachment*, was übersetzt so viel wie „auf Vernetzung basierende, selbständig reagierende, künstliche Denkvorrichtung“ bedeutete. Zum anderen war es der Name des Mannes, dessen Erinnerungen gespeichert worden waren und der Gründer und Auftraggeber des Team X-treme war.

Über einen verschlüsselten Satellitenlink war das Team direkt mit der Zentrale auf Island X verbunden, wo sich der Hauptcomputer befand. Auf diese Weise war es jederzeit möglich, Kontakt mit CONRAD aufzunehmen.

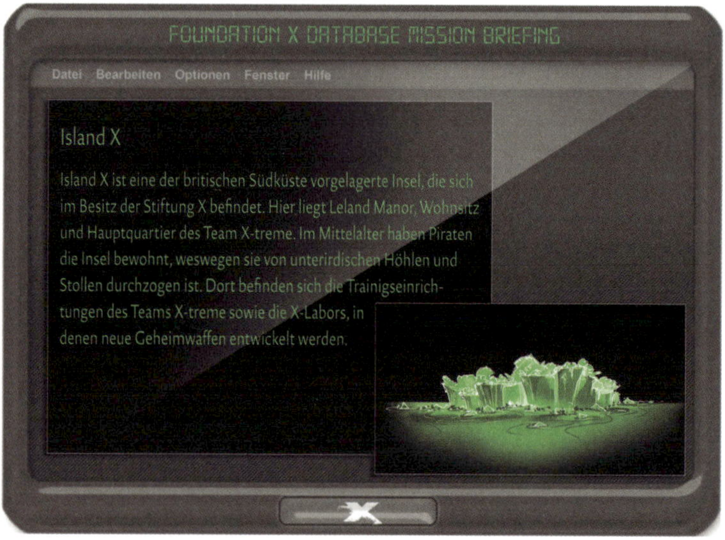

„Kann man wohl sagen, Sir“, gestand Charlie kleinlaut „Alles lief wie geplant – bis dieser Idiot aufgetaucht ist und alles vermasselt hat.“

„Wo ist der Junge jetzt?“, wollte CONRAD wissen.

„Im Zimmer nebenan“, berichtete Charlie. „Ich hielt es für das Beste, ihn erstmal mitzunehmen, zumal er noch immer bewusstlos ist. Das Betäubungsmittel war ziemlich stark.“

„Kennen wir seinen Namen?“

„Nicht wirklich. Er hatte keinen Ausweis dabei, nur ein bisschen Geld und Kleinkram. Auf einem Zettel steht der Name, Kyle Connor, aber ich bin mir nicht sicher, ob es wirklich seiner ist. Außerdem hat er eine Tätowierung am rechten Arm – ein Drache oder so was."

„Ein Drache?"

„Ja, wieso? Sagt Ihnen das was?"

CONRADs Zögern währte nur einen Augenblick. „Nein, wie sollte es?", fragte er dann dagegen.

„Haben Sie eine Idee, Sir, wie wir weiter verfahren sollen?"

„Ich denke ja, Charlotte. Versucht herauszufinden, aus welchem Grund der Junge in Kangas Zimmer eingedrungen ist und was er dort wollte. Möglicherweise haben wir gemeinsame Interessen, so dass wir eine Zusammenarbeit ..."

„Bei allem Respekt, Sir", fiel Charlie ihrem Auftraggeber ins Wort, was sie noch nie zuvor getan hatte. „Ich denke nicht, dass das eine gute Idee wäre. Mit diesem Typen kann man nicht zusammenarbeiten. Er ist unberechenbar und gefährlich und darüber hinaus der ungehobeltste Mensch, den ich je kennen gelernt habe. Und das will schon was heißen."

„Ich verstehe deine Bedenken, Charlotte, und ich danke dir für deine Offenheit", entgegnete CONRAD. „Dennoch steht mein Entschluss fest. Kümmert euch um den Jungen. Findet heraus, wer er ist, und arbeitet mit ihm zusammen."

„Und wenn es nicht geht?", wollte Charlie trotzig wissen.

„Um herauszufinden, ob etwas funktioniert oder nicht, sollte man es zunächst einmal ausprobiert haben, oder nicht?", fragte CONRAD spitz.

„Also gut, Sir", antwortete Charlie widerstrebend, „Sie sind der Boss. Aber er wird Fragen stellen, wenn er zu sich kommt. Was sollen wir ihm sagen, wenn er fragt, wer wir sind? Wie viel dürfen wir ihm verraten?

„Nur so viel, wie unbedingt nötig ist“, gab CONRAD zur Antwort. „Ich möchte nicht, dass …“

In diesem Moment wurde die Zimmertür einen Spalt geöffnet, und Kamis blauer Haarschopf erschien. „Charlie, komm schnell.“

„Was ist?“

„Dieser Typ – ich glaube, er kommt zu sich.“

„Verstanden, ich komme“, bestätigte Charlie und sprang vom Bett, auf dem sie gesessen hatte, das Notebook vor sich.

„Du weißt, was zu tun ist?“, erkundigte sich CONRAD.

„Ich denke ja, Sir.“

„Dann viel Glück …“

„Unser Phantom kommt also zu sich?“

„Sieht ganz so aus. Das Betäubungsmittel hat ihn wohl ziemlich umgehauen …“

Kyle Connor hörte die Stimmen wie aus weiter Ferne. Es waren ein Junge und ein Mädchen, die sich miteinander unterhielten, aber er verstand den Sinn ihrer Worte nicht. Dafür war das Hämmern in seinem Schädel viel zu stark. Kyle fühlte sich, als wäre er gegen einen Bus gelaufen.

„Wo … wo bin ich?“, stieß er hervor. Seine Stimme krächzte wie ein rostiges Scharnier.

„Ruhe“, antwortete jemand unfreundlich. „Wir stellen hier die Fragen.“

Allmählich kehrte die Erinnerung zu ihm zurück – zumindest ein Teil davon. Kyle konnte sich nur an das entsinnen, was seit seinem Erwachen in der Fischerhütte geschehen war: die Flucht vor den Killern; die Eisenbahnfahrt nach Monte Carlo; die Suche nach dem Hotel, dessen Name auf dem Streichholzbriefchen stand; das Zimmer mit der Nummer 828; und schließlich seine Begegnung mit dem Mädchen, das sich als ziemlich kratzbürstig erwiesen hatte …

Als Kyle blinzelnd die Augen aufschlug, sah er sie vor sich. Das schwarze Kleid des Zimmermädchens hatte sie gegen Jeans und Top vertauscht. Ihr langes blondes Haar fiel offen über ihre schmalen Schultern, um ihre frech gerümpfte Nase gab es ein paar Sommersprossen. Und während ihre grünen Augen Kyle herausfordernd anschauten, fiel ihm auf, dass sie eigentlich ziemlich hübsch war …

„Wie ist dein Name?", fragte sie streng.

„Connor", antwortete Kyle, der zu seiner Verblüffung feststellte, dass er sich in einem Hotelzimmer befand und auf einem Bett lag. „Kyle Connor. Glaub ich wenigstens."

„Was hattest du in Arno Kangas Suite zu suchen?", fragte ein anderes Mädchen, das einen halben Kopf kleiner war und dessen Haare so blau wie Schultinte waren. Den Gesichtszügen nach war sie Asiatin.

„Ich weiß es nicht", gab Kyle wahrheitsgemäß zurück.

„Willst du uns veralbern?"

Der Junge, der diese Frage stellte, war groß und dabei ziemlich durchtrainiert. Sein helles Haar stand wirr in alle Richtungen, und seine Baggy Pants ließen ihn ziemlich cool aussehen. Unter anderen Voraussetzungen, dachte Kyle, hätten sie vielleicht Freunde sein können. So jedoch würde wohl nichts daraus werden …

„Ich weiß es wirklich nicht", beteuerte er, während er sich aufzurichten versuchte. Es gelang ihm nur mühsam, weil er noch immer so benommen war.

„Warum bist du dann dort gewesen?", fragte die Blonde.

„Weil ich ein Streichholzbriefchen von diesem Hotel in meiner Hosentasche gefunden hatte", antwortete Kyle. „Und weil darauf die Nummer 828 notiert war."

„Die Nummer von Kangas Suite", stellte die Blauhaarige fest.

„Von diesem Kanga-Typen weiß ich nichts, das müsst ihr mir glauben", versicherte Kyle und rieb sich die schmerzenden Schläfen. „Verdammt“, maulte er, „mir tut der Schädel weh. Was habt ihr mir da verpasst?“

„Wie schon gesagt, die Fragen stellen wir“, konterte die Blonde streng, die die Anführerin der Gruppe zu sein schien. „Wer bist du und wer hat dich geschickt?“

Kyle schnitt eine Grimasse. „Das wüsste ich selber gern.“

„Was soll das heißen?“

„Das soll heißen, dass ich mich an nichts erinnern kann.“

„Du erinnerst dich an mich, oder nicht?“

„Klar.“ Kyle grinste freudlos. „Du hast ja auch alles getan, um mir unvergessen zu bleiben.“

„Humor hat er jedenfalls, das muss man ihm lassen“, erkannte das Mädchen mit den blauen Haaren an.

„Toll“, meinte die Blonde unbeeindruckt, „für einen Komiker haben wir aber keinen Bedarf.“

„Ich mache keine Witze, okay?“, versicherte Kyle energisch. „Ich bin vor zwei Tagen in einer Strandhütte aufgewacht, drüben, auf der italienischen Seite der Grenze, und konnte mich an nichts erinnern, nicht mal an meinen Namen.“

„Du meinst, du hast Gedächtnisschwund?“

„Etwas in der Art.“ Kyle nickte. „Es gibt eine Reihe von Dingen, die ich offenbar mal gelernt habe und die ich noch immer kann – Italienisch zum Beispiel und noch ein paar weitere Sachen. Aber alles, was meine Person betrifft und meine Herkunft, meine ganze Vergangenheit, ist wie ausgeblendet.“

„Warum erzählst du uns das?“, fragte die Blonde forsch.

„Warum ich …?“ Kyle glaubte, nicht recht zu hören. „Verdammter Mist, du wolltest es wissen, oder nicht?“

„Nein.“ Sie schüttelte den Kopf. „Ich möchte nur wissen, was du in Kangas Suite zu schaffen gehabt hast.“

Kyle seufzte. „Ich habe gehofft, dort Hinweise auf meine Vergangenheit zu finden“, gestand er dann. „Immerhin hatte ich mir offenbar die Zimmernummer des Typen notiert, also habe ich angenommen, dass er etwas wissen würde.

„Und?“, fragte der Junge in den Baggys. „Hast du was rausgefunden?

„Nein“, erwiderte Kyle mit einem giftigen Seitenblick in Richtung der Blonden. „Jemand hat mich ins Reich der Träume geschickt, noch bevor ich dazu kam.“

„Spar dir diesen Unterton“, beschied sie ihm achselzuckend. „Ich konnte schließlich auch nicht tun, weswegen ich gekommen war. Und das ist allein deine Schuld.“

„Ach ja?“ Kyle verdrehte die Augen. „Entschuldige bitte vielmals. Wie rücksichtslos von mir. Ich hätte wissen müssen, dass eine Bande junger ...“ Er unterbrach sich und blickte fragend von einem zum anderen. „Was für Typen seid ihr überhaupt?“

„Ermittler“, antwortete die Blonde ohne mit der Wimper zu zucken.

„Spezialisten, sozusagen“, fügte die Blauhaarige hinzu.

„*Extreme* Spezialisten“, verbesserte der Junge.

Kyle, der keine Ahnung hatte, was das bedeuten sollte, schnaubte laut. „Extrem seid ihr auf jeden Fall“, stimmte er dann zu. „Was versucht ihr, mir hier weiszumachen? Dass ihr sowas wie Möchtegern-Geheimagenten seid?“

„Sei vorsichtig, was du sagst, Kumpel“, warnte ihn der Junge, „sonst musst du das nächste Frühstück durch den Strohhalm lutschen.“

„Ich hab also Recht? Ihr seid so was wie ’ne Geheimtruppe?“ Kyles Augen weiteten sich ungläubig. Dann musste er lachen. „Ich krieg mich nicht mehr ein. Jimmi Bondi und seine kleinen Schwestern ...“

„Das ist nicht witzig“, wies die Anführerin ihn zurecht. „Deinetwegen ist unser Vorhaben gescheitert, Kangas Notebook zu präparieren und auf seine Daten zuzugreifen.“

„Notebook präparieren? Datenzugriff?“ Kyle staunte nicht schlecht – das Mädchen hörte sich tatsächlich wie eine Geheimagentin an. „Was geht hier eigentlich ab?“, wollte er wissen. „Wer ist dieser Kanga?“

„Ein professioneller Glücksspieler, der für das organisierte Verbrechen Gelder wäscht, indem er in den Casinos dieser Welt damit spielt.“

„Das ist ein Scherz, oder?“

„Seh ich aus, als würde ich lachen?“ Wieder verzog die Blonde keine Miene. „Kanga trägt Drogenmillionen zur Spielbank. Den Gewinn, den er dank seines glücklichen Händchens dabei macht, streicht er als Provision ein, den Rest überweist er an seine Auftraggeber zurück, mit offizieller Quittung. Wir sind hier, um dem Burschen das Handwerk zu legen, aber dazu brauchen wir die Daten von seinem USB-Stick. Und um die zu bekommen ...“

„... warst du in seinem Zimmer“, ergänzte Kyle. „Langsam verstehe ich.“

„Nichts verstehst du, gar nichts“, maulte der Junge in den Baggys. „Deinetwegen ist Kanga jetzt gewarnt, und wir haben unsere Chance verspielt, an die Daten heranzukommen.“

„Meinetwegen?“ Kyle wurde wütend. „Entschuldige mal, deine vorlaute Freundin hier war auch nicht ganz unschuldig an dem ganzen Chaos.“

„Sie ist nicht meine Freundin“, stellte der Junge klar.

„Schade“, frotzelte Kyle. „Ihr würdet gut zusammenpassen.“

„Na warte!“ So schnell wie eine Schlange schoss die linke Hand des Jungen auf Kyle

zu, packte ihn am Hemdkragen und riss ihn hoch, während sich seine Rechte zur Faust ballte und ausholte. „Ich werd dir deine vorlaute Klappe gleich stopfen!"

„Nur zu", forderte Kyle ihn zähneknirschend auf – aber es kam nicht zum Kampf.

„Aufhören, alle beide!", schnitt die Stimme der Blonden scharf wie ein Messer durch die Luft.

„Aber Charlie", beschwerte sich der Junge. „Er hat angefangen!"

„Aufhören hab ich gesagt!" Ihre grünen Augen blitzten.

„Genau", stichelte Kyle, „sie hat aufhören gesagt. Halt dich an das, was deine Mutti dir sagt."

Es war dem Jungen anzusehen, dass er ihm am liebsten eine Tracht Prügel verpasst hätte. Die Zähne hatte er wie ein Raubtier gefletscht, seine erhobene Faust zitterte. Aber er fügte sich der Entscheidung seiner Anführerin, die er „Charlie" genannt hatte. Ein seltsamer Name für ein Mädchen, dachte Kyle …

„Dieser unsinnige Streit nützt niemandem, Race", erklärte sie entschieden. „Wir sollten uns lieber überlegen, wie wir möglicherweise zusammenarbeiten können, um …"

„Du willst zusammenarbeiten? Mit dem da?" Der Junge – Race – verzog das Gesicht.

„Ich denke, das ist keine so gute Idee", pflichtete das blauhaarige Mädchen ihm bei.

„CONRAD will es aber so", stellte Charlie klar. „Wir alle wollen an Kanga ran – wir wegen der Daten, Kyle wegen Informationen über seine Vergangenheit. Also sollten wir miteinander arbeiten statt gegeneinander."

„Ist das dein Ernst?", fragte Kyle.

„Mein voller Ernst. Also, was ist? Traust du dich oder spuckst du nur große Töne?"

„Was glaubst du denn?"

„Naja“, überlegte sie, „vielleicht mal abgesehen von Race bist du das heftigste Großmaul, dem ich je begegnet bin …“

„He!“, protestierte der Geschmähte.

„… aber ich denke auch, dass du die Wahrheit gesagt hast und tatsächlich auf der Suche nach deiner Vergangenheit bist. Und dass du alles tun würdest, um zu erfahren, wer du wirklich bist.“

„Toll.“ Kyle pfiff durch die Zähne. „Kannst du jetzt auch noch Gedanken lesen?“

„Nicht ganz.“ Sie schüttelte den Kopf. „Also, was ist? Bist du dabei?“

Kyle antwortete nicht sofort. Das alles war ein bisschen zu viel, um es so einfach zu verdauen. Außerdem wusste er ja noch nicht einmal, wer die drei tatsächlich waren.

Andererseits war er allein und konnte sich an nichts erinnern, und die drei Witzfiguren – so seltsam sie sich auch benehmen mochten – waren im Augenblick die einzigen Verbündeten, die er auf dieser Welt hatte …

„Also gut, ich bin dabei“, erklärte er sich seufzend bereit. „Ich helfe euch, an den Datenstick zu kommen, und ihr seid mir im Gegenzug dabei behilflich, meine Vergangenheit zu finden.

„Abgemacht.“

„Schön, dass wir uns einig sind“, kommentierte Race säuerlich. „Und wie wollt ihr es anstellen, ein zweites Mal an Kanga heranzukommen, ohne dass er es merkt?“

„Indem wir unsere Hirnzellen anstrengen und uns einen Plan ausdenken“, gab Kyle zur Antwort.

„Hast du denn einen?“, fragte Charlie.

„Vielleicht ja. Passt auf …“

6

Geheime Pläne

Hotel „L'Ambassadeur", Monte Carlo
Zimmer 828
14.02 Uhr Ortszeit

Arno Kanga war sauer.

Stinksauer.

Nicht nur, weil seine ersten Versuche beim Blackjack längst nicht so glücklich verlaufen waren, wie er sich das vorgestellt hatte. Sondern auch, weil er festgestellt hatte, dass jemand seine Abwesenheit genutzt hatte, um in seine Suite einzubrechen!

Zuerst hatte Kanga angenommen, dass ein ungeschicktes Zimmermädchen den Vorhang herabgerissen hätte, und sich lediglich geärgert. Aber dann hatte er die Spuren schmutziger Turnschuhe auf dem Teppich entdeckt, und ihm war klar geworden, dass jemand in seinem Zimmer gewesen war, der dort ganz und gar nichts zu suchen hatte!

Der Zimmersafe war unberührt, und auch das Notebook auf dem Schreibtisch hatte den Einbrecher nicht interessiert. Wonach also, fragte sich Kanga, hatte der Kerl dann gesucht?

Den Manager zu verständigen kam nicht in Frage. Er würde den Hoteldetektiv oder vielleicht sogar die Polizei alarmieren, die dann allerhand dämliche Fragen stellen würden. Das war genau die Art von Aufmerksamkeit, die Kanga nicht brauchen konnte.

Er zog es vor, seiner Auftraggeberin von dem Vorfall zu berichten. Sollte sie sich darum kümmern, dass der Einbrecher gefasst und unschädlich gemacht würde …

„Und Sie sind sich wirklich sicher?", drang eine Frauenstimme, die sich wie das Zischeln einer Giftschlange anhörte, aus dem Telefonhörer. Sie gehörte Kangas geheimnisvoller Auftraggeberin, der ebenso unheimlichen wie gefährlichen Lady de Vipère.

„Natürlich bin ich sicher", erwiderte der Glücksspieler schnaubend. „Einer der Vorhänge war heruntergerissen, auf dem Teppich waren Spuren. Welche Schlüsse würden Sie da ziehen?"

„Haben Sie den Vorfall gemeldet?"

„Natürlich nicht, Mylady, wofür halten Sie mich?" Kanga lachte auf. „Für einen blutigen Anfänger? Ich wollte es Ihnen überlassen, der Sache nachzugehen – und sich nötigenfalls um eine entsprechende Lösung zu bemühen."

„Das war sehr klug von Ihnen", erwiderte Vipère kalt. „Bedauerlicherweise ist dies nicht der einzige Störfall, den wir zu verzeichnen haben, und ich habe offen gestanden den Verdacht, dass ein Zusammenhang besteht."

„Ein Zusammenhang?" Kanga hob seine schmalen Brauen. „Inwiefern?

„Das hat Sie nicht zu interessieren", zischte es. „Erledigen Sie den Job, für den wir Sie bezahlen. Um alles andere werden wir uns kümmern."

„Das hoffe ich sehr. Wenn ich für Ihre Organisation erfolgreich tätig werden soll, muss ich ungestört sein."

„Keine Sorge, das werden Sie", versicherte die Lady. „Es ist bereits jemand unterwegs, der heute Abend am Flughafen von Nizza eintreffen wird. Er wird sämtliche Probleme lösen, glauben Sie mir – und zwar endgültig."

Damit klickte es leise in der Leitung.

Das Gespräch war beendet.

Hotel „Juvénile", Monte Carlo
Quartier des Team X-treme
Eine Stunde später

In dem Hotelzimmer, in dem Kyle Connor und das Team X-treme beisammensaßen, um Kriegsrat zu halten, herrschte beinahe völlige Stille. Nur das Summen des Modellautos war immer wieder zu hören, das Race in einem wilden Slalomkurs über den Boden flitzen ließ.

„Noch irgendwelche anderen Vorschläge?", fragte Charlie hoffnungsvoll in die Runde, erntete jedoch nur Kopfschütteln. „Also schön", seufzte sie schließlich, „dann halten wir uns also an Kyles Plan. Nachdem es uns nicht gelungen ist, Kangas Notebook zu sabotieren, werden wir auf andere Weise versuchen, an seine Daten heranzukommen – und zwar im Spielcasino."

„Okay, okay", meinte Race und brachte es sogar für einen Moment fertig, den Ferrari F1 aus dem Blick zu lassen. „Ich verstehe nur immer noch nicht, warum wir gerade Kyle ins Casino einschleusen sollen. Den Job könnte ich mindestens genauso gut erledigen."

„Mann, das haben wir doch alles schon zigmal durchgekaut", konterte Kyle genervt. „Der Zutritt zum Casino ist erst ab achtzehn Jahren erlaubt. Du hättest nicht die geringste Chance, an der Eingangskontrolle vorbeizukommen. Ich dagegen bin älter als du und ..."

„Woher willst du das wissen?“, wandte Race nicht unberechtigt ein. „Ich dachte, du hast keine Ahnung, wer du bist – wie kannst du dann dein Alter kennen?“

„Ich kenne es nicht“, gab Kyle zu, „aber ich sehe nun mal ein gutes Stück älter aus als du. Wenn überhaupt jemand von uns die Chance hat, mit einem gefälschten Ausweis in den Laden zu kommen, dann bin ich das. Außerdem scheine ich einiges über Glücksspiele zu wissen – auch wenn ich, ehrlich gesagt, keine Ahnung habe, woher …“

„Großartig“, kommentierte Race und verdrehte die Augen. Schmollend wandte er sich wieder seinem Flitzer zu, den er mit Karacho in Richtung Badezimmer jagte.

Nicht nur er – auch die anderen Mitglieder des Team X-treme waren nicht gerade begeistert darüber, dass ihre Hoffnungen, doch noch an Arno Kangas Daten zu kommen, ausgerechnet auf Kyle Connor ruhten. Keiner von ihnen traute dem Jungen, der angeblich sein Gedächtnis verloren hatte, über den Weg. Andererseits war nicht von der Hand zu weisen, dass Kyle Recht hatte. Wenn es überhaupt jemand schaffen konnte, sich ins Casino zu schmuggeln und Kanga den USB-Stick abzujagen, dann er.

„In Ordnung“, sagte Charlie, „fassen wir also noch einmal zusammen: Arno Kanga ist für sein sprichwörtliches Glück im Spiel bekannt. Obwohl es dafür keine Strategie gibt, spielt er am liebsten Roulette, wahrscheinlich wegen des Nervenkitzels. Seine Gewinnquote dabei ist überdurchschnittlich gut, aber wir werden das ändern. Sobald Kyle im Casino ist, wird er an Kangas Roulettetisch unbemerkt einen kleinen, funkgesteuerten Elektromagneten anbringen, der dafür sorgen wird, dass Kangas Glückssträhne reißt. Er wird eine Menge verlieren und schließlich gezwungen sein, neues Geld abzuheben, um den Schaden wiedergutzumachen. Wenn es so weit ist, wird er den Stick mit den

Kontodaten benutzen – und wir werden zur Stelle sein, um ihn ihm abzunehmen. Haben das alle verstanden?“

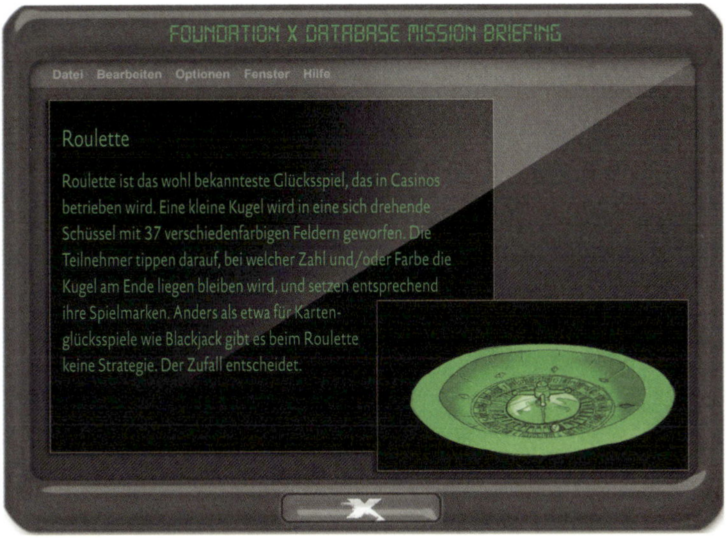

„Natürlich“, knurrte Kyle, der sich in einem der Sessel fläzte, die Beine auf den Tisch gelegt. „Wie oft willst du uns den Stuss eigentlich noch vorbeten?“

„So lange, bis auch der letzte Trottel kapiert hat, worum es hier geht.“

Kyle schnappte nach Luft. „Sprichst du etwa von mir? Immerhin hatte ich die Idee zu diesem Plan …“

„Das stimmt“, gab das Mädchen zu. „Aber ich fühle bei dir eine Menge Wut und Aggression. Und das passt nicht zu jemandem, der einen Geheimauftrag erledigen soll.“

„Einen Geheimauftrag?“ Kyle blies abfällig durch die Nase. „Nun lassen wir die Kirche mal im Dorf, okay? Ich marschiere rein, juble dem Kerl den Magneten unter und verschwinde wieder. Das ist alles.“

„Nimm das lieber nicht auf die leichte Schulter“, mahnte auch

Kami. „Vom Gelingen dieser Mission hängt eine Menge ab, das darfst du nicht vergessen."

„Und ihr solltet nicht vergessen, dass ich nicht zu eurem seltsamen Verein gehöre", konterte Kyle. „Ich helfe euch bloß, weil ich herausfinden will, wer ich bin – und weil es ganz danach aussieht, als wüsste dieser Kanga etwas über mich. Geht das in eure Schädel?"

Charlie, Kami und Race nickten. An ihren Gesichtern konnte Kyle sehen, dass er sie verletzt hatte, und plötzlich bedauerte er seine harten Worte. Die Ungewissheit war schuld daran. Nicht genug damit, dass er keine Ahnung hatte, wer er war – im Grunde wusste er noch nicht einmal, ob er zu den guten oder zu den bösen Jungs gehörte, und das machte ihn wütend.

Dass Charlie ihn offenbar durchschaut hatte, verschlechterte seine Laune zusätzlich. Einen Augenblick überlegte er, ob er sich entschuldigen sollte, entschied sich aber dagegen. Wahrscheinlich würde sie nur irgendeine bissige Bemerkung machen. Es war am besten, wenn er den Auftrag erledigte und dann verschwand – das war seine Art, sich zu entschuldigen …

„Also, worauf warten wir?", fragte er deshalb. „Gebt mir einen Anzug, damit ich wie eins von diesen Millionärssöhnchen aussehe, und lasst mich meinen Job machen. Je eher, desto besser."

„Ja", bestätigte Charlie mit düsterem Blick, „je eher desto besser."

Sie hatte kein gutes Gefühl bei der Sache. In ihren Augen war Kyle Connor nicht nur unbeherrscht und unverschämt, sondern besaß auch keinerlei Disziplin, was ihn zu einem Risiko machte. Wäre es nach ihr gegangen, hätte sie den Einsatz abgeblasen, aber CONRAD hatte nun einmal anders entschieden.

Charlie fühlte Gefahr … aber weder sie noch ihre Freunde ahnten etwas von der Bedrohung, die sich in diesem Augenblick bereits auf dem Weg zu ihnen befand.

Internationaler Flughafen Nizza
18.31 Ortszeit

Flug 308 aus Prag war gelandet.

Schwerfällig hatte die Maschine vom Typ Airbus A320 aufgesetzt und war zum Flughafengebäude gerollt, wo sie am Terminal angedockt hatte. Unter den Passagieren, die das Flugzeug verließen, war auch ein hagerer Mann, der die obere Hälfte seines Gesichts hinter einer dunklen Sonnenbrille verbarg.

Der Name des Mannes war Bata Clava.

Und er war ein Killer.

Mit trügerischer Ruhe ließ er die Einreisekontrollen über sich ergehen. Sein Pass war falsch, ebenso wie sein Name. Clava hatte unzählige Identitäten, sein tatsächliches Aussehen war kaum jemandem bekannt – ein gesichtsloser Mörder, der auf Bestellung tötete. Der Preis, den Clava verlangte, war hoch. Dafür pflegte er jeden Auftrag zuverlässig auszuführen.

Am Kofferkarussell nahm Clava sein Gepäck entgegen – eine schwarze Sporttasche, die nur das Notwendigste enthielt. Sein „Werkzeug", wie er es nannte, hatte er auf anderem Weg ins Land gebracht, ohne die Aufmerksamkeit der Polizei zu erregen. Zusammen mit den anderen Passagieren, die mit Flug 308 angekommen waren, verließ er die Gepäckhalle und passierte den

Zoll. In der Ankunftshalle, in der aufgeregtes Stimmgewirr herrschte und es vor Reisenden wimmelte, wurde er bereits erwartet. Von einem kleinwüchsigen Mann im Anzug, der ein Schild hochhielt.

„Renard“ stand darauf geschrieben.

Einer von Clavas unzähligen Decknamen …

Der Killer trat auf den Mann zu, der um fast zwei Köpfe kleiner war als er und der nervös blinzelnd zu ihm aufschaute.

„Monsieur Renard?“, erkundigte er sich.

Clava knurrte nur.

„Hatten Sie einen angenehmen Flug?“

„Besser als der Flug nach Hamburg“, antwortete Clava mit den vereinbarten Worten, „aber nicht halb so anregend wie die Reise nach Kairo.“

Der kleine Mann im Anzug war sichtlich erleichtert. „Demnach sind Sie der, den wir erwarten.“

„Wenn Sie es sagen.“

„In dieser Tasche“, sagte der Anzugträger, „finden Sie eine Fotografie der Zielperson sowie das Empfangsgerät für den Sender. Gegenwärtig hält sich der Junge in Monte Carlo auf. Sie sollten keine Probleme haben, ihn zu finden.“

„Ein Junge?“ Hinter dem dunklen Glas der Sonnenbrille hob Clava geringschätzig die Brauen.

„Ein besonderer Junge“, erklärte der andere. „Mehr brauchen Sie darüber nicht zu wissen.“

„Es spielt auch keine Rolle“, entgegnete Clava, während er die Tasche entgegennahm und sie sich über die Schulter hängte. „Hauptsache, die Bezahlung stimmt. Ich werde mich unmittelbar nach Monte Carlo begeben. Betrachten Sie den Auftrag als so gut wie erledigt …“

7

Nichts geht mehr

Grand Casino, Monte Carlo
20.10 Uhr Ortszeit

Kyle Connor war überrascht.

Obwohl er Charlie und den anderen gegenüber behauptet hatte, am ältesten auszusehen und die besten Chancen zu haben, an den Eingangskontrollen vorbei zu kommen, hatte er insgeheim doch Zweifel gehabt. Als die Türsteher am Casinoeingang ihn ungehindert passieren ließen, war er entsprechend verblüfft.

Er ließ es sich nicht anmerken und ging durch die prunkvolle Eingangshalle, wo sich weitere Besucher drängten – Herren in schwarzen Smokings und Damen in glitzernden Abendkleidern, die sich bei Roulette und anderen Glücksspielen die Zeit vertreiben wollten. Auch Kyle hatte sich für seinen großen Auftritt in einen Tuxedo gezwängt, den Kami bei einem Anzugverleih organisiert hatte. In den schwarzen Hosen mit dem Spiegelstreifen, dem dazu passenden Jackett und dem weißen Hemd mit Fliege kam er sich tatsächlich ein bisschen wie ein Geheimagent vor. Seine Chucks allerdings hatte er – sehr zu Charlies Verdruss – anbehalten. Schließlich wollte er nicht wie ein Stenz aussehen …

Über eine breite Treppe gelangte er in das eigentliche Casino und hatte plötzlich das Gefühl, auf einem anderen Stern gelandet zu sein. Unter riesigen Lüstern, die für stimmungsvoll gedämpftes Licht sorgten, standen mit grünem Filz bezogene Spieltische.

Vornehm gekleidete Croupiers, die Männer und Frauen, die die Spiele leiteten, forderten die Gäste zum Einsatz auf, worauf diese bunte Chips auf die Tische legten.

Kyle musste grinsen. Kaum ging es um bares Geld, fingen erwachsene Menschen zu spielen an wie kleine Kinder …

Mit einer unauffälligen Bewegung steckte er sich den winzigen Funkempfänger ins Ohr, den er von Kami bekommen hatte, und sprach leise in das kleine Kragenmikrofon.

„Charlie, kannst du mich hören?“

„Ganz deutlich“, klang die Antwort in seinem Ohr. „Bist du schon drin?“

„Was hast du denn gedacht?“ Kyles Grinsen wurde noch breiter. „Ein hübscher Laden ist das hier, sehr gediegen. Würde dir gefallen.“

„Lass den Quatsch“, beschied ihm die Anführerin des Team X-treme. „Kannst du Kanga sehen?“

Von der Treppe aus hatte Kyle einen guten Überblick. Suchend schaute er von einem Spieltisch zum anderen – und wurde schon nach kurzer Zeit fündig.

„Ich habe ihn“, meldete er. „Er sitzt drüben auf der anderen Seite des Saals. Spielt ganz allein Roulette.“

„Für wohlhabende Spieler wird oft ein eigener Tisch aufgemacht“, wusste Charlie. „Schließlich sollen sie ja möglichst viel Geld ausgeben.“

„Das wird er heute ganz bestimmt“, versprach Kyle. „Spätestens, wenn ich ihm den Magneten verpasst habe.“

„Sei bloß vorsichtig.“

„Keine Sorge“, beschwichtigte Kyle. „Ich melde mich wieder, wenn's vorbei ist. Phantom Ende.“

„Phantom?“, fragte Charlie verwundert.

„Mein Künstlername“, erklärte Kyle, während er die restliche Treppe hinunterstieg. Indem er sich unter die Gäste mischte und mal hier, mal dort zuschaute, arbeitete er sich unauffällig an Kanga heran. Der Ganove thronte wie ein König an seinem Tisch. Kyle hatte keine Ahnung, wie er den Magneten anbringen sollte, ohne dass Kanga es bemerkte. Die rettende Idee kam ihm, als sich ein Kellner mit einem Tablett näherte.

Kanga hatte sich etwas zu trinken bestellt. Das war die Chance, auf die Kyle gewartet hatte!

Er folgte dem Kellner durch die Menge, und als dieser nach dem Getränk greifen und es Kanga servieren wollte, rempelte Kyle ihn unsanft an. Der Kellner gab einen Schrei von sich und ließ das Glas fallen. Der Inhalt ergoss sich über den Roulettetisch.

„Sie ungeschickter Tölpel!“, brauste Kanga auf, während er rasch etwas vom Tisch nahm, damit es nicht nass wurde. Es war ein kleiner, nur etwa fingergroßer Gegenstand – was genau es war, konnte Kyle nicht sehen. „Können Sie nicht besser aufpassen?“

„I-ich bin untröstlich, Monsieur. J-jemand hat mich gestoßen ...“ Der Kellner griff nach einem Tuch, um aufzuwischen, was Kanga nur noch wütender machte. Pausenlos schimpfte er auf den Kellner ein, während der sich alle Mühe gab, den Schaden wiedergutzumachen.

Die beiden waren zu beschäftigt, um Kyle zu bemerken, der sich kurzerhand bückte und den Elektromagneten unter dem Roulettetisch anbrachte. Dann flüchtete er sich rasch hinter eine Säule, von der aus er Kanga beobachten konnte.

„Das war's“, erstattete er Charlie flüsternd Bericht.

„Wie? Hast du den Magneten etwa schon platziert?“

„Und ob. Die Show kann beginnen.“

Von seinem Versteck aus schaute er zu, wie sich der Kellner unterwürfig entfernte. Dann forderte der Croupier Kanga auf, seine Chips zu setzen, was dieser auch zähneknirschend tat. Der Zwischenfall mit dem verschütteten Drink hatte ihm die Zornesröte ins Gesicht getrieben – vielleicht entschied er sich deshalb, auf die Farbe Rot zu setzen.

„Auf Rot“, bestätigte der Croupier. „*Alors, rien ne va plus –* nichts geht mehr.“

Die Rouletteschüssel, die sich zuvor rasend schnell gedreht hatte, wurde langsamer, und man konnte die Kugel sehen, die zwischen den Zahlenfeldern umhersprang.

„Jetzt“, gab Kyle das Signal – und von ihrem Versteck aus betätigte Kami die Fernsteuerung des Magneten. Kyle teilte ihr mit, wo die Kugel gerade lag, so dass sie im richtigen Augenblick eingreifen konnte – was sie schließlich auch tat.

„Schwarz gewinnt“, verkündete der Croupier schlicht.

„War ja zu erwarten“, maulte Kanga. „Zuerst dieser Idiot, der meinen Drink verschüttet, und nun auch noch das.“

„*Faites vos jeux*“, verlangte der Croupier. „Bitte, das Spiel zu machen ...“

Kanga setzte erneut, diesmal auf die Zahlen vier, fünf, sieben und acht – aber das Spielglück war ihm auch diesmal nicht hold.

„Die Zehn gewinnt“, gab der Croupier bekannt. „Bitte, das Spiel zu machen ...“

„Wäre doch gelacht, wenn ich meine Pechsträhne nicht beenden könnte“, knurrte Kanga und legte etwas vor sich auf den Tisch. Es war der kleine Gegenstand, den er vorhin so hastig eingesteckt hatte. Erst jetzt konnte Kyle sehen, was es war.

Eine Hasenpfote ...

„Das ist mein Glücksbringer“, erklärte Kanga dem verblüfften Croupier. „Er hat mich noch niemals im Stich gelassen. Ich setze auf die Acht – meine Glückszahl.“

Kyles Augen hatten sich zu schmalen Schlitzen verengt. Dass sich ein Ganove wie Kanga auf irgendwelchen Hokuspokus verlassen sollte, kam ihm verdächtig vor. Was also hatte es mit dem angeblichen Glücksbringer auf sich?

Kyle fiel auf, dass die Hasenpfote ziemlich genau die Form und Größe eines USB-Sticks hatte … Natürlich, das musste die Lösung sein! Die Pfote war innen hohl und diente dazu, den Datenstick zu verstecken. Als Glücksbringer getarnt, trug Kanga ihn auf diese Weise ständig bei sich.

Ganz schön gerissen, dachte Kyle. Aber nicht gerissen genug …

Wieder drehte sich das Roulette.

„Nichts geht mehr“, gab der Croupier bekannt.

Wie gebannt starrte Kanga auf die Kugel, die in der Schüssel sprang. Wenn sein Tipp mit der Acht richtig war, würde er den 35fachen Einsatz ausbezahlt bekommen. Aber Kyle hatte ein sicheres Gefühl, dass das nicht passieren würde …

Die Kugel klickerte.

„Die Acht!“, verkündete der Coupier.

„Na also, wer sagt's denn?“ Kanga ballte triumphierend die Fäuste. „Das Glück lacht mir also wieder. Die Hasenpfote hat ihren Zweck einmal mehr erfüllt.“

„Was ist los mit euch?“, zischte Kyle ins Mikrofon. „Seid ihr eingeschlafen oder was?“

„Sorry“, kam es zurück.

Noch einmal klickerte es in der Roulettemaschine, und die Kugel wechselte ihre Position.

„*Pardon,* ein Irrtum meinerseits“, verbesserte sich der Croupier. „Es ist die 23.“

„D-das gibt's doch nicht!“, rief Kanga. „Die Kugel ist noch mal rausgesprungen!“

„Das ist Roulette, Monsieur.“

„Nein“, beschwerte sich der Ganove, „das ist Betrug. Ich will augenblicklich den Casinomanager sprechen.“

„Das wird nicht nötig sein, Monsieur. In unserem Casino geht alles mit rechten Dingen zu.“

„Was Sie nicht sagen. Holen Sie sofort den Manager, oder ich verlasse diesen Tisch und reise noch heute ab!"

Kyle stieß eine halblaute Verwünschung aus.

„Was ist los?", wollte Charlie über Funk wissen.

„Kanga ahnt etwas. Der Typ ist zu ausgebufft. Der lässt sich nicht so einfach übers Ohr hauen. Und er ist ziemlich sauer."

„Das war zu erwarten", meinte Charlie.

„Ja, aber nicht, dass er alles hinschmeißt", wandte Kyle ein. „Wenn er jetzt geht, ist es Essig mit unserem Plan. Dann werdet ihr keine Daten bekommen und ich keine Informationen. Wir müssen etwas unternehmen."

„Werden wir auch – wir gehen weiter nach Plan vor."

„Den Plan kannst du vergessen", zischte Kyle, „der ist grade durchs Klo gerauscht. Ich muss mir was anderes einfallen lassen."

„Auf keinen Fall!", verbot ihm Charlie. „Du wirst keine eigenmächtige Entscheidung treffen, hörst du? Hörst du ...?"

Kyle dachte nicht daran.

Er hatte den Funkempfänger kurzerhand aus dem Ohr genommen und in die Hosentasche gesteckt.

Entschlossen ging er zu Kangas Tisch.

Sein Ziel war die Hasenpfote.

Hotel „Juvénile", Monte Carlo
Quartier des Team X-treme

„Kyle? Kyle ...?"

Charlies Stimme überschlug sich, so laut schrie sie in das Funkgerät. Aber es nützte nichts.

Kyle Connor gab keine Antwort.

„Zwecklos", meinte Race. „Der spricht erst wieder mit dir, wenn er es will."

„Verdammt." Frustriert ballte Charlie die Faust. „Dieser Idiot! Ich hab's gewusst ..."

„Was wird er jetzt tun?"

„Was weiß ich?" Charlie machte eine unbestimmte Handbewegung. „Er sagte, er wollte sich was einfallen lassen."

„Das klingt nicht gut", kommentierte Race.

„Sorry, Leute, daran habe ich Schuld", sagte Kami niedergeschlagen, die von ihrem Notebook aus den Magneten ferngesteuert hatte. „Hätte ich bei Kangas letztem Spiel bloß besser aufgepasst."

„Du kannst nichts dafür", versicherte Charlie schnaubend. „Es ist dieser Schwachkopf, der alles kaputtmacht. Wir hätten niemals mit ihm zusammenarbeiten dürfen."

„Hab ich doch gleich gesagt", meinte Race. „Wir ..."

In diesem Moment meldete Kyle Conner sich zu aller Überraschung wieder zu Wort.

„Ich hab sie", plärrte seine Stimme aufgeregt aus dem Lautsprecher des Funkgeräts.

„Was hast du?", fragte Charlie stirnrunzelnd.

„Die Daten der geheimen Konten. Ich hab sie Kanga gestohlen ..."

8

Nächtliche Jagd

„Die Hasenpfote! Er hat meinen Talisman gestohlen! Bleib stehen, du elender Dieb!"

Arno Kanga schrie wie von Sinnen, aber natürlich dachte Kyle nicht daran zu gehorchen. Kurzerhand hatte er den angeblichen Glücksbringer vom Tisch geschnappt. Und noch ehe Kanga oder der Croupier reagieren konnte, war Kyle auch schon davongeflitzt, die Hasenpfote in der Tasche.

„Sicherheitsdienst! Alarm!"

Kyle konnte den Croupier hinter sich rufen hören, während er Hals über Kopf zum Ausgang rannte. Weit kam er allerdings nicht. Sicherheitsleute stellten sich ihm in den Weg – zwei Männer, groß wie Kleiderschränke!

Abrupt änderte Kyle die Richtung – und sprang kurzerhand auf einen der Roulettetische. Spielchips spritzten nach allen Seiten, die Gäste schrien wütend auf.

„Da ist er!“, konnte man Kanga brüllen hören. „So halten Sie ihn doch auf ...!“

Aus der anderen Richtung kamen noch zwei weitere Kleiderschränke angerannt – Kyle musste verschwinden, wenn er nicht geschnappt werden wollte!

Den Spieltisch hinab nahm er Anlauf – und sprang zu einem der Kronleuchter hinauf, an dem er sich festhielt. Eine beleibte Dame in einem viel zu engen Abendkleid gab ein Stöhnen von sich und fiel in Ohnmacht, die Herren ballten wütend die Fäuste.

Kyle konnte es egal sein. Wie an einer Schaukel baumelte er an dem Leuchter, dessen Kristalle wild durcheinanderklirrten, hin und her – und schwang sich zum Balkon hinauf, der den Spielsaal auf halber Höhe umlief.

„Da! Er klettert auf die Balustrade!“, keifte Kanga. „So tun Sie doch endlich etwas!“

Die Kleiderschränke hetzten die Treppe hinauf, aber Kyle hatte den Balkon bereits erklommen. Behände schwang er sich über das steinerne Geländer und wollte zum Ausgang hetzen – eine Gruppe von Casinobesuchern versperrte ihm jedoch den Weg.

„Oh, Scheiße ...“

Kyle blieb stehen und überlegte. Was sollte er tun? Ihm blieben nur Sekunden. Zum Ausgang konnte er nicht, unten in der Halle wimmelte es von Sicherheitsleuten.

Es gab nur eine Möglichkeit ...

Kurzerhand griff Kyle nach einem der Stühle, die auf dem Balkon aufgereiht standen, holte aus und drosch ihn gegen das Fenster. Klirrend gab das bunte Glas nach und splitterte.

Der Weg nach draußen war frei!

Kyle zögerte nicht und sprang durch die entstandene Öffnung. Kühle Abendluft empfing ihn, und er fand sich auf dem Vordach des Casinos wieder. Das aufgeregte Geschrei der Gäste fiel hinter ihm zurück.

„Charlie, kannst du mich hören?", rief er in das Kragenmikrofon, während er sich rasch wieder den Empfänger ins Ohr stopfte. „Kyle an Charlie, kommen ..."

Er hätte nicht gedacht, dass er einmal froh sein würde, ihre Stimme zu hören, aber in diesem Moment war es so weit.

„Was hast du getan?", wollte die Anführerin des Team X-treme wissen. „Was ist da los?"

„Keine Zeit für Erklärungen", erwiderte Kyle atemlos, während er über das Vordach hetzte. „Ich bin aufgeflogen."

„Verdammt", wetterte Charlie. „Wo bist du jetzt?"

„Auf dem Vordach des Casinos."

„Auf dem Vor...? Wie bist du denn da raufgekommen?"

„Erzähl ich dir später. Wichtig ist nur, dass ich ihn habe."

„Wen meinst du?"

„Blöde Frage – den Datenstick natürlich."

„Soll das ein Witz sein?"

„Nein", versicherte Kyle, ich habe ihn wirklich, „aber wenn ihr mich nicht rasch hier rausholt, werde ich ..."

Er verstummte, als er ein peitschendes Geräusch hörte. Im nächsten Moment spürte er, wie etwas nur um Haaresbreite an ihm vorbeizuckte und in das Blechdach des Casinos schlug.

„Was war das?", wollte Charlie wissen.

„Eine Kugel!", rief Kyle. Er wusste selbst nicht, woher er die Überzeugung nahm, aber er war sicher, dass jemand auf ihn geschossen hatte. „Da hat mich einer im Visier!"

„Der Sicherheitsdienst des Casinos schießt auf dich?", fragte Charlie ungläubig.

„Das waren nicht die Typen vom Casino", knurrte Kyle. „Das kam von irgendwo anders …"

Unwillkürlich duckte er sich – und das keinen Augenblick zu früh. Eine weitere Kugel zischte aus der Dunkelheit heran und schlug dicht neben ihm ein. Kyle stieß eine Verwünschung aus. Irgendjemand wollte ihm ans Leder, das stand fest.

„Ich werde beschossen", rief er panisch.

„Vom Dach runter, schnell!", wies Charlie ihn an. „Kami, Race – holt ihn da raus, verstanden?"

„Schon unterwegs", bestätigte Race über Funk, der alles mitgehört zu haben schien. Ein Motor heulte auf.

Kyle hatte unterdessen das Ende des Vordachs erreicht. Ein Taxi parkte davor, und der Junge nutzte die Gelegenheit. Mit einem gewagten Sprung setzte er auf das Dach des Fahrzeugs, dessen Blech sich verbog und den Aufprall abfing. Vom Wagendach sprang Kyle auf sicheren Boden, wo er sich abrollte und sofort wieder auf den Beinen stand.

„He", rief der Taxifahrer wütend, „du bist wohl verrückt geworden …"

Kyle hörte gar nicht hin, sondern rannte, so schnell seine Beine ihn trugen. Er überquerte den Vorplatz des Casinos, wo teure Sportwagen und protzige Limousinen aufgereiht standen. In gebückter Haltung hastete Kyle zwischen ihnen hindurch.

Erneut hörte er einen Schuss peitschen, und eine Glasscheibe splitterte, aber er lief nur immer weiter. Sein Ziel war der nahe Botanische Garten, wo er sich im Gebüsch verstecken wollte, bis Race und Kami eintrafen.

Vorausgesetzt, er kam überhaupt so weit …

Ein Autobus fuhr vorbei, den Kyle als Deckung nutzte. Blitzschnell rannte er über die Straße und flüchtete sich unter einen dichten Palmbusch.

„Sucht hier jemand 'ne Mitfahrgelegenheit?", meldete Kami sich in diesem Moment über Funk.

„Wäre nicht schlecht", gab Kyle zu.

„Wo bist du?"

„Bei den Palmen, am Südeingang des Botanischen Gartens."

„Wir sind gleich bei dir", versprach Race, und erneut war Motorenlärm zu hören, diesmal allerdings nicht über Funk. Etwas kam lautstark die Straße herabgeröhrt. Kyle traute seinen Augen nicht, als er sah, dass es zwei Quads waren, die sich zwischen den Autos hindurchschlängelten. In den Sätteln saßen Kami und Race.

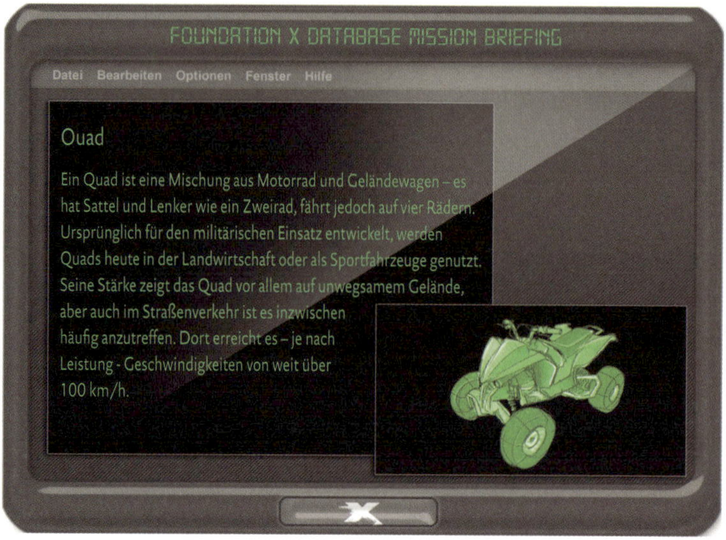

„Los, spring auf!“, forderte Kami ihn auf, als sie ihre Maschine unmittelbar vor ihm stoppte. Wie Race trug sie einen Helm, aber ihre schmalen Augen waren trotzdem zu erkennen.

Kyle zögerte nicht eine Sekunde. Wie ein Pfeil schoss er aus dem Gebüsch und sprang hinter Kami auf den Sattel. Er saß noch nicht ganz, da gab sie schon wieder Gas. Das Quad bäumte sich auf und jagte dann die Straße hinab.

„Danke“, hauchte Kyle atemlos, während er sich an Kami festhielt. „Das war eng. Da wollte mich einer wirklich erledigen.“

„Und es ist noch nicht vorbei“, bemerkte Race, der sein Quad neben ihres lenkte.

„Was meinst du damit?“, fragte Kami.

„Schaut mal nach hinten – da verfolgt uns jemand!“

Kyle warf einen Blick über die Schulter zurück. Race hatte Recht. Ein schwarzes Motorrad fegte hinter ihnen her, dessen Fahrer ebenso schwarz gekleidet war und einen schwarz verspiegelten Helm trug.

„Worauf wartet ihr?“, drängte Kyle. „Hängt den Penner ab!“

Sowohl Kami als auch Race beschleunigten, aber die Quads waren nicht annähernd so schnell wie das Motorrad. Fast hatte es den Anschein, als würden die Räder der Maschine über den Asphalt fliegen, so rasch holte der Verfolger auf.

„Er hat uns gleich eingeholt!“, rief Kami. „Was jetzt?“

„Wir teilen uns“, schlug Race vor. „Ihr bleibt auf der Straße, ich fahr quer durch die Rabatte.“

„Durch die Rabatte?“, fragte Kami. „Das ist der Botanische Garten! Du kannst doch nicht …“

Race konnte sehr wohl.

Während Kami ihr Quad weiter die Straße hinablenkte, ließ Race seinen Flitzer zur Seite ausbrechen. Es krachte, als er den niedrigen Holzzaun durchbrach. Im nächsten Moment fuhr er auf seinem Quad quer durch die Blumenbeete.

„Dieser Irre“, schimpfte Kami.

„Ja“, stimmte Kyle zu, „er ist richtig gut in Form ...“

Erneut fielen zwei Schüsse. Eine der Kugeln wischte knapp vorbei, die andere zerschlug eines der Rücklichter des Quads. Kyle erkannte, dass der Motorradfahrer auf sie gefeuert hatte. Der Kerl mit dem verspiegelten Helm lenkte mit nur einer Hand, in der anderen hielt er eine Art Gewehr!

Mit einem entsetzten Schrei schlug Kami einen Haken. Das Quad bog in eine Querstraße, aus der gerade ein Kleinlaster kam.

„Vorsicht!“, brüllte Kyle.

Kami riss erneut am Lenker. Das Quad wich dem Laster aus, dessen Fahrer wütend hupte, und geriet dadurch ins Schleudern. Auf rauchenden Reifen schlitterte es über die Straße, ehe es gegen einen Müllcontainer prallte und stehen blieb. Sofort gab Kami Gas, und das Quad nahm wieder Fahrt auf – aber der Killer hatte bis auf wenige Meter aufgeholt!

„Er hat uns gleich!“, rief Kami panisch. „Was sollen wir tun?“

„Ich springe ab“, erklärte Kyle.

„Was?“

„Der Kerl ist nicht hinter dir her, sondern hinter mir. Also lass mich abspringen und mach dich dann aus dem Staub.“

„Woher willst du das wissen?“

„Ich weiß es, also frag nicht lange“, knurrte Kyle, „sonst ist es zu spät ...“

Wieder jagte eine Kugel vorbei, diesmal so nah, dass es Kyle Angst machte. Was er tun sollte, wenn er abgesprungen war, darüber hatte er sich noch keine Gedanken gemacht. Aber er wollte auch nicht, dass Kami oder irgendjemand sonst seinetwegen zu Schaden kam.

„Ich springe!“, kündigte er an.

„Nein!“, widersprach sie – als sich die Ereignisse plötzlich überstürzten.

„Achtung, jetzt komme ich!“, drang Races heisere Stimme aus

dem Funkempfänger – und von jenseits der Straße, wo alles in Dunkelheit lag, jagte ein Quad heran.

Mit atemberaubender Geschwindigkeit hatte Race den Botanischen Garten durchquert und war wieder zu seinen Freunden aufgerückt – und er schien einen Plan zu haben.

Einen ziemlich wagemutigen, verwegenen, um nicht zu sagen irrwitzigen Plan …

Mit röhrendem Motor jagte er sein Quad über einen Hügel, worauf seine Räder die Bodenhaftung verloren und das Fahrzeug fünf, sechs Meter durch die Luft schoss.

„Wow!“, rief Kyle bewundernd, als das Quad wie eine Granate angeflogen kam – und auf das Motorrad des Verfolgers krachte.

Es schepperte und splitterte, als die beiden Fahrzeuge aufeinanderprallten. Die Maschine des Killers kam zu Fall und schlitterte quer über die Straße, während Race sein Quad sicher auf allen vieren landete.

„D-das war gut“, stammelte Kami nur.

„Danke für den Applaus, Autogramme gibt's später.“ Race' Stimme klang fröhlich. „Und jetzt lasst uns verschwinden. Der Kerl ist bestimmt sauer, weil ich ihm sein Maschinchen zerdeppert habe.“

„Nichts dagegen“, stimmte Kami zu und gab Gas.

Gemeinsam jagten die beiden Quads die Straße hinab und verschwanden in der Dunkelheit.

9

Kriegsrat

Hotel „Juvénile", Monte Carlo
Hotelzimmer des Team X-treme
Eine Stunde später

„Warum in aller Welt hast du uns das nicht vorher gesagt?" Wie eine Raubkatze tigerte Charlie im Hotelzimmer auf und ab. Die Wut war ihrem geröteten Gesicht deutlich anzusehen.

„Was meinst du?", fragte Kyle, der sich einmal mehr im Sessel fläzte und die Beine übereinandergeschlagen hatte.

„Was wohl?" Sie blieb stehen und stemmte die Arme in die Hüften, wobei sie ihn vorwurfsvoll anschaute. „Dass du schon einmal von Killern verfolgt worden bist."

„Ich hab nicht gedacht, dass es wichtig wäre."

„Blödsinn", schimpfte das Mädchen. „Du wolltest nur verhindern, dass wir unangenehme Fragen stellen, und dafür hast du unser aller Leben aufs Spiel gesetzt."

Race, der auf dem Bett saß und sein Ferrari-Modell in den Händen drehte, nickte zustimmend. „Sie hat Recht, Mann. Wo hast du uns da nur reingeritten?"

„Jetzt mal langsam, okay?", verlangte Kyle. „Ich weiß ja selbst nicht, was das alles soll. Ich war kaum aufgewacht, als diese verrückten Italiener auftauchten und mich erledigen wollten. Ich habe keine Ahnung, was das alles soll, in Ordnung?"

„Es ist keineswegs in Ordnung", widersprach Charlie. „Du hättest es uns sagen müssen. Durch dein Schweigen hast du das Team in Gefahr gebracht. Dafür solltest du dich wenigstens entschuldigen."

„Von wegen." Kyle schnaubte. „Ich habe wegen eures bescheuerten Datensticks Kopf und Kragen riskiert. Wir sind also quitt, würde ich sagen."

„Quitt? Wohl kaum!" Charlie deutete auf Kangas Hasenpfote, die auf dem Tisch lag. „Was du da angeschleppt hast, ist nichts als ein blöder Glücksbringer!"

Kyle biss sich auf die Lippen. Dass Charlie Recht hatte, ließ sich leider nicht von der Hand weisen. Die Hasenpfote, die Kanga wie seinen Augapfel gehütet hatte, war tatsächlich nur ein Talisman, von dem USB-Stick fehlte jede Spur …

„Okay", gab er widerstrebend zu, „ich habe mich geirrt."

„Schön, dass wir uns wenigstens in dieser Hinsicht einig sind. Deinetwegen ist Kanga jetzt gewarnt und wird sich doppelt vorsehen. Auf solche Hilfe können wir gut verzichten."

„Hey", meinte Kami beschwichtigend, „ist das jetzt nicht ein bisschen heftig?"

„Keineswegs." Charlie schüttelte den Kopf. „Bevor Kyle angefangen hat, seine Nase in unsere Angelegenheiten zu stecken, hatten wir alles prima im Griff."

„Ach ja?", fragte Kyle und richtete sich im Sessel auf, um zu einer wütenden Erwiderung anzusetzen.

Race ließ es nicht dazu kommen.

„Sagt mal", ging er dazwischen, „könntet ihr vielleicht damit aufhören? Die halbe Stadt ist unseretwegen auf den Beinen und ein Killer hat es auf uns abgesehen – das ist echt nicht der richtige Augenblick, um sich zu streiten."

Kyle und Charlie starrten einander wütend an. Die Luft zwischen ihnen schien zu gefrieren. Aber schließlich siegte bei beiden die Vernunft.

„Also gut“, erklärte sich Charlie einverstanden. „Wenn er auch dazu bereit ist.“

„An mir wird’s nicht liegen“, knurrte Kyle.

„Schön“, meinte Kami. „Also, was unternehmen wir jetzt?“

„Wir haben die Kugel, die in Kamis Quad eingeschlagen ist, zur Auswertung an CONRAD geschickt“, sagte Charlie. „Die Untersuchung sollte in Kürze abgeschlossen sein. Bis dahin werden wir uns still verhalten und gar nichts tun.“

„CONRAD?“, fragte Kyle. „Wer ist denn das?“

„CONRAD ist unser Auftraggeber“, erklärte Charlie.

Kyle blies spöttisch die Backen auf. „Muss ja ein toller Hecht sein, wenn er eine Bande von Jugendlichen für sich arbeiten lässt.“

„Halt die Klappe!“, beschied ihm Kami.

„Noch ein Wort, und ich stopfe dir Schumis letzten Ferrari in den Schlund, hast du verstanden?“, fragte Race.

„Schon gut, schon gut.“ Kyle, der sah, dass er ein empfindliches Thema getroffen hatte, hob beschwichtigend die Hände. „Ich habe nichts gegen euren CONRAD-Typen gesagt, okay?“

„Das möchten wir dir auch geraten haben“, meinte Charlie, und Kami und Race nickten.

Unbekannter Ort
Zur selben Zeit

Für Bata Clava war es eine ungewohnte Situation.

Der Killer war es nicht gewohnt, seinen Auftraggebern gegenüber einen Fehlschlag einzugestehen. Er war bekannt dafür, seine Jobs schnell zu erledigen und kein Opfer entkommen zu lassen. Was am Abend geschehen war, war schlecht fürs Geschäft.

Verdammt schlecht …

„Bericht!“, schnarrte eine ungeduldige Frauenstimme aus dem Telefonhörer, die Clava an das Zischeln einer Schlange erinnerte. Wie seine Auftraggeberin aussah, wusste Clava nicht, aber er kannte ihren Namen: Lady de Vipère … „Wurde die Zielperson ausgeschaltet?“

„Noch nicht“, gab Clava zähneknirschend zu.

„Warum nicht? Ich dachte, Sie wollten sofort und entschlossen handeln?“

„Das wollte ich“, räumte Clava ein. „Aber wie es aussieht, haben Sie mir wichtige Informationen vorenthalten.“

„Was für Informationen?“, fragte Vipère.

„Zum Beispiel, dass die Zielperson nicht allein ist“, erwiderte Clava. Er war nicht bereit, die alleinige Verantwortung für den Misserfolg zu übernehmen.

„Was soll das heißen?“, zischte es.

„Der Junge hatte Hilfe“, antwortete Clava.

„Hilfe? Von wem?“

„Wie es aussieht, von einer Gruppe Halbwüchsiger, die …“

„Ist das Ihr Ernst?“, fiel die Lady ihm höhnisch ins Wort. „Eine Bande Halbwüchsiger hat Sie davon abgehalten, Ihren Job zu erledigen? Ich dachte, Sie wären ein Profi?“

„Das sind keine gewöhnlichen Jugendlichen“, stellte Clava klar, der Mühe hatte, seine Wut zu beherrschen. „Sie scheinen mir gut ausgebildet zu sein und verfügen über …“

„Sie versuchen doch nur, sich aus der Verantwortung zu ziehen“, fiel seine Auftraggeberin ihm ins Wort. „Aber damit kommen Sie bei mir nicht durch. Sie haben einen Auftrag erhalten, und ich erwarte, dass er ausgeführt wird.“

„Das wird er“, versicherte Clava, „sobald ich ein neues Empfangsgerät erhalten habe. Das erste wurde im Zuge der Verfolgung beschädigt.“

„Sie werden ein neues Gerät bekommen – und dann erledigen Sie verdammt noch mal Ihren Job. Nummer 13 darf nicht entkommen, haben Sie verstanden? Auf keinen Fall …“

10

Unter Beschuss

Hotel „Juvénile", Monte Carlo
Hotelzimmer des Team X-treme
Tags darauf

Ziemlich genau 12 Stunden waren seit dem Zwischenfall im Casino vergangen – so lange hatte es gedauert, die Kugel, die in Kamis Quad eingeschlagen war, ins Hauptquartier nach England zu bringen und in den X-Labors mit den Methoden moderner Ballistik zu untersuchen. Als das Ergebnis vorlag, kontaktierte CONRAD das Team X-treme, und nicht nur Charlie, Kami und Race fanden sich ein, um zu erfahren, was die Untersuchung ergeben hatte, sondern auch Kyle. Da die fünfzig Euro, die er in seiner Hosentasche gefunden hatte, für die Bahnfahrt nach Monte Carlo draufgegangen waren , hatte er die Nacht im Zimmer von Race verbracht – auf dem Fußboden. Entsprechend unausgeschlafen war er jetzt.

„Und Sir?", erkundigte sich Charlie, die wesentlich besser ausgeruht zu sein schien. „Haben Sie etwas herausgefunden?"

„Allerdings, Charlie", tönte CONRADS Stimme aus dem Lautsprecher des Notebooks. Zu sehen war der geheimnisvolle Chef des Team X-treme nicht, aber der ruhigen, klangvollen Stimme nach schätzte Kyle, dass er Mitte 40 war. Obwohl sie sich irgendwie verzerrt anhörte, hatte sie etwas Respekt Gebietendes.

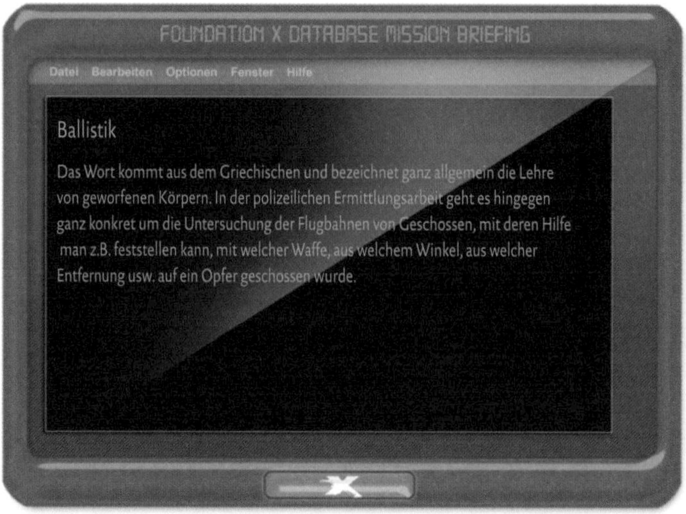

„Die ballistische Untersuchung ist abgeschlossen“, verkündete CONRAD. „Das Ergebnis ist alarmierend.“

„Inwiefern?“, wollte Race wissen und blickte dafür sogar von seiner Fernsteuerung auf, mit der er einmal mehr das Modellauto flitzen ließ.

„Bei dem Projektil, mit dem auf Kamis Quad geschossen wurde, handelt es sich um ein äußerst seltenes Kaliber“, erklärte CONRAD. „Tatsächlich fand es nur ein einziges Mal Verwendung, nämlich für den Prototyp eines Präzisionsgewehrs, das nie in Serie hergestellt wurde und das weltweit einzigartig ist.“

„Wie bitte?“, fragte Kami. „Aber das ergibt doch keinen Sinn. Ich meine, welcher Killer würde ein Gewehr benutzen, das es nur ein einziges Mal gibt?“

„Einer, der Wert darauf legt, dass seine Arbeit erkannt wird“, antwortete CONRAD. „Jemand, der sein blutiges Handwerk als Kunst betrachtet und seine Waffe hütet wie ein Berufsmusiker sein Instrument. Jemand, der mit jedem Mord, den er begeht, seine Visitenkarte abgibt.“

„Sir“, sagte Charlie, „soll das etwa heißen, dass Sie den Täter kennen?“

„Genau das. Sein Name ist Bata Clava. Er ist ein berüchtigter Auftragskiller, der keine Gnade kennt. Clava steht auf den Fahndungslisten zahlloser Polizeibehörden, aber bislang konnte er niemals ausfindig gemacht werden.“

„Cool“, meinte Race und grinste. „Dann haben wir jetzt die einmalige Chance, den Mistkerl zu fassen.“

„Negativ“, beschied ihm CONRAD streng. „Clava ist äußerst gefährlich. Im Vergleich zu ihm ist Arno Kanga ein kleiner Fisch.“

„Dann schnappen wir uns ganz einfach beide“, schlug Kyle vor, der sich einmal mehr im Sessel fläzte.

„Wer hat das gesagt?“, wollte CONRAD wissen.

„Kyle Connor, Sir. Ich nehme an, Sie haben schon von mir gehört …“

„Das habe ich allerdings, Junge“, bestätigte CONRAD. „Ebenso, wie ich gehört habe, dass du zum Eigensinn neigst und dich nicht in das Team einfügen willst.“

„Ich gehöre nicht zu Ihrem Team, Sir“, brachte Kyle in Erinnerung, „ich kann also tun und lassen, was ich will.“

„Aber nur, solange du damit nicht das Leben meiner Leute gefährdest“, entgegnete CONRAD streng. „Die Jagd ist zu Ende“, entschied er dann. „Das Team X-treme wird umgehend seine Sachen packen und ins Hauptquartier zurückkehren.“

„Aber, Sir …“, wandte Kyle ein

„Ich weiß, Junge. Du denkst, dass es einen Grund dafür geben muss, dass Clava hinter dir her ist. Dass er dir möglicherweise Auskunft geben könnte über deine Vergangenheit. Damit hast du möglicherweise Recht. Aber wenn Clava dich umbringt, dann hast du nichts von deinem Wissen. Dieser Mann ist ein eiskalter Killer. Bei seinem ersten Versuch, dich zu beseitigen, hat er versagt – das wird er nicht auf sich sitzen lassen. Verlasse die Stadt, solange du noch kannst. Ich möchte nicht, dass …“

Der Rest von dem, was CONRAD sagte, ging in einem hellen Klirren unter, als die Fensterscheibe des Hotelzimmers zersprang. Fast gleichzeitig klatschte etwas in die gegenüberliegende Wand und hinterließ ein kleines, hässliches Loch.

„In Deckung!“, schrie Kyle, der sofort wusste, was los war. Indem er aus dem Sessel sprang und sich auf den Boden warf, riss er Kami gleich noch mit.

„Was war das?“, wollte CONRAD wissen.

„W-wir liegen unter Beschuss, Sir“, antwortete Charlie panisch, die nicht mehr auf dem Bett saß, sondern sich dahinter duckte. „Offenbar hat Clava herausbekommen, in welchem Hotel wir wohnen, und nimmt uns unter …“

Wieder klatschte es – und der Bildschirm des Computers zerplatzte in einem grellen Funkenregen.

„Das Notebook wurde getroffen“, rief Race. „Nichts wie raus!“

„Haltet euch dicht am Boden!“, empfahl Kyle.

„Zur Tür“, zischte Charlie, „los doch!“

Auf dem Bauch über den Boden kriechend, robbten die vier zum Ausgang, während Clava – wo auch immer er sich versteckte – sie weiter unter Feuer nahm. Es klirrte, als eine Kugel in ein Bild schlug, das an der Wand hing. Das Glas des Rahmens ging zu Bruch und regnete auf die Flüchtenden herab. Kami, die sich an den Händen schnitt, stieß einen Schrei aus.

„Kami, alles in Ordnung?“, fragte Charlie erschrocken.

„Ich bin okay“, versicherte das Mädchen mit den blauen Haaren. „Ist nur ein Kratzer.“

„Der Weg ist frei!“, brüllte Kyle, der vorausgekrochen war und die Zimmertür geöffnet hatte. „Seht zu, dass ihr rauskommt!“

„Kami, du zuerst!“, entschied Charlie.

„Schon unterwegs“, versicherte diese und robbte durch den offenen Türspalt.

„Jetzt du, Charlie“, verlangte Kyle.

„Kommt nicht in Frage. Ich warte, bis …“ Sie verstummte, als erneut eine Kugel ins Zimmer fegte und den Lichtschalter zertrümmerte.

„Bis was passiert?“, fragte Kyle. „Bis dieser Idiot dir eine Kugel verpasst? Sieh zu, dass du verschwindest!“

„Okay“, erklärte die Anführerin des Team X-treme sich einverstanden. „Was ist mit Race?“

„Der wird schon kommen.“

„Race!“, rief Charlie und schaute sich um. „Wo in aller Welt …?“

„Schon hier, keine Panik“, beschwichtigte der Gesuchte, der auf Knien und Ellbogen angekrochen kam. Vor sich auf den Unterarmen hatte er das Modellauto liegen. „Ich konnte Schumis Flitzer doch nicht einfach zurücklassen“, fügte er mit entschuldigendem Lächeln hinzu.

„Alter“, stöhnte Kyle.

„Also“, holte Charlie zu einer Strafpredigt aus, „du bist wirklich …“

Wieder eine Kugel, die von irgendwo abprallte und als heulender Querschläger endete.

„Aufregen könnt ihr euch später, jetzt nichts wie raus“, meinte Race – und niemand widersprach.

Einer nach dem anderen schlüpfte durch den Türspalt, dann sprangen sie auf und rannten den Korridor hinab, froh darüber, den Kugeln des Killers entronnen zu sein.

„Hierher!“, rief Kami, die bereits am Aufzug stand und den Knopf gedrückt hatte. Keuchend sprangen die vier in den Lift.

„Und wohin?“, fragte Kyle.

„In die Tiefgarage“, entschied Charlie und drückte den entsprechenden Knopf. „Mr. X wird uns dort abholen.“

Die Türhälften schlossen sich, und der Aufzug glitt in die Tiefe. Erst jetzt atmeten die vier Flüchtlinge auf.

„Ich frag lieber erst gar nicht“, meinte Kyle dann.

„Wer Mr. X ist?“, riet Charlie.

„Genau.“

„Das wirst du schon noch rausfinden“, antwortete sie rätselhaft. „Etwas anderes beschäftigt mich wesentlich mehr.“

„Nämlich?“, wollte Kami wissen.

„Woher der Schütze wusste, wo er uns findet“, erwiderte Race, der sich dieselbe Frage zu stellen schien. Seinen Flitzer, den er gerettet hatte, presste er an sich wie einen Schatz.

„Stimmt genau“, pflichtete Charlie ihm bei. „Schließlich ist dies ein Jugendhotel, und offiziell sind wir im Rahmen einer Studienreise hier.“

„In Monte Carlo?“ Kyle grinste. „Der Witz ist gut.“

„Dann lach doch, wenn du noch kannst“, knurrte Race.

„Was soll das heißen?“

„Ganz einfach – irgendwer muss diesem Killertypen gesteckt haben, wo wir sind."

„Etwa ich?", begehrte Kyle auf. „Willst du das damit sagen?"

„Möglich wär's, oder nicht?" Race reckte angriffslustig das Kinn vor. „Bevor du aufgetaucht bist, ist nie auf uns geschossen worden – und jetzt fliegen uns laufend Kugeln um die Ohren. Da stimmt doch was nicht."

„Falls du's vergessen haben solltest, du Blockflöte – ich habe mein Gedächtnis verloren", brachte Kyle in Erinnerung. „Ich weiß nicht, was die von mir wollen, okay?"

„Und wer sagt uns, dass du uns mit dieser Gedächtnis-Kiste nicht einen Riesenbären aufgebunden hast?", fragte Race.

„Ich", meldete Charlie sich zu Wort. „Ich habe nicht das Gefühl, dass er uns belügt.

„Vielen Dank auch", knurrte Kyle.

In diesem Moment blieb der Lift stehen. Die Anzeige lautete auf „P" für die Tiefgarage. Die Tür öffnete sich, und Kami warf einen prüfenden Blick hinaus. Erst, als sie einigermaßen sicher sein konnten, dass ihnen niemand auflauerte, verließen sie den Lift, hielten sich aber im Schutz geparkter Autos.

„Aber irgendwer muss uns doch verpfiffen haben, oder?", kam Race auf das alte Thema zurück.

„Vielleicht auch nicht", wandte Kami ein. „Ich habe einen anderen Verdacht."

„Nämlich?"

Statt zu antworten, griff das Mädchen in eine der Beintaschen seiner Tarnhose und holte ein kleines Gerät hervor, das Zahlentasten und einen kleinen Bildschirm hatte.

„Was willst du denn mit dem Taschenrechner?", fragte Kyle.

„Das ist kein Taschenrechner", verbesserte sie, „sondern ein äußerst empfindlicher Hochleistungsscanner, den mir die X-Labors gebastelt haben. Ziemlich nützlich, wenn man …"

Zu Kyles Verblüffung begann sie, mit dem Gerät vor ihm herumzuwedeln, worauf der kleine Kasten zu piepen begann wie ein besoffenes Handy. Dann wurde das Piepen hektisch, und auf Kamis sonnengebräuntem Gesicht erschien ein zufriedenes Lächeln.

„Dachte ich mir's doch", sagte sie.

„Wieso, was ist?", fragte Kyle. Das Gepiepe machte ihn nervös.

„Du hast da etwas am rechten Ellbogen", stellte Kami fest.

„Wo?" Er schob den Hemdsärmel zurück und betrachtete seinen Arm. „Ich seh nichts."

„Kannst du auch nicht – weil es nämlich unter der Haut sitzt."

„Richtig, da ist etwas", stimmte Kyle zu, der unterhalb des Ellbogens eine unebene Stelle entdeckt hatte, etwa so groß wie ein Reiskorn.

„Ein Sender, keine Frage", war das Mädchen überzeugt.

„Was?" Kyle war fassungslos – aber noch ehe er einen klaren Gedanken fassen konnte, hatte Race ihn schon am Kragen gepackt und gegen die Betonwand gedrückt.

„Also doch!", schnaubte er „Ich hab gewusst, dass du es warst! Mann, ich werde dich so verdreschen, dass du …"

„Hör auf, Race!", ging Charlie entschlossen dazwischen. „Ich bin sicher, dass er nichts von dem Sender gewusst hat."

„Hab … ich … auch … nicht …", versicherte Kyle – stoßweise, weil er kaum Luft bekam.

„Hätte er uns verraten wollen, hätte er das längst tun können", gab Charlie zu bedenken. „Außerdem bestätigt der Sender seine Geschichte, denn das erklärt, wie ihn die Killer in dieser Fischerhütte finden konnten."

„D-das stimmt", pflichtete Kyle ihr bei.

„Na schön", brummte Race – und lockerte seinen Griff.

„Danke sehr." Kyle bedachte ihn mit einem vernichtenden Blick. „Und was jetzt?"

„Naja“, meinte Kami, „der Stahl in der Betondecke der Tiefgarage dürfte das Signal so abschwächen, dass wir einstweilen sicher sind. Aber wir können nicht ewig hier bleiben. Das Ding muss raus, keine Frage.“

„Raus?“, fragte Kyle. Der Gedanke gefiel ihm ganz und gar nicht.

„Genau das“, bestätigte Charlie – und das breite Lächeln in ihrem Gesicht machte klar, dass sie ihm ein bisschen Schmerz durchaus gönnte.

11

Ein kleiner Schnitt

Landeplatz 94, Flughafen Nizza
13.47 Uhr Ortszeit

Kyle gab es nicht gerne zu, aber er war beeindruckt. Denn immer, wenn er glaubte, seine neuen Verbündeten einigermaßen zu kennen, zauberten sie eine neue Überraschung aus dem Hut.

In diesem Fall war es eine ziemlich große Überraschung in Form eines schnittigen Heavy Jets, der auf einer der privaten Lan-

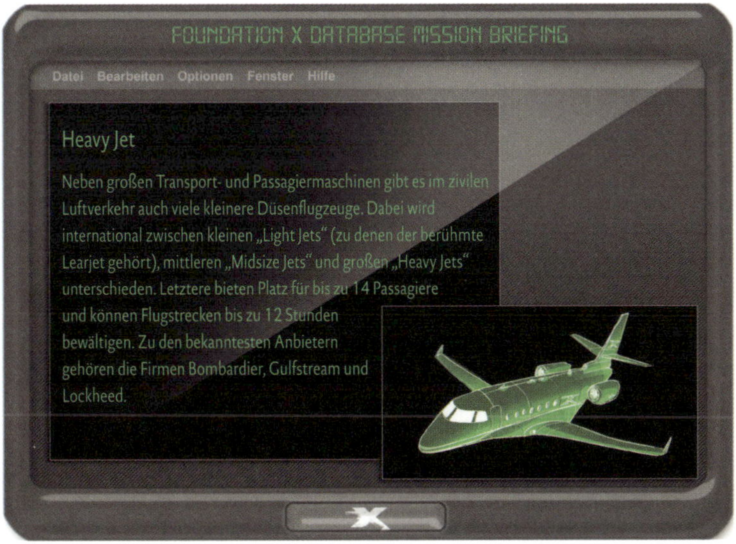

debahnen des Flughafens von Nizza stand. Und als wäre das noch nicht genug, sah das Innere des Düsenfliegers auch noch aus wie ein Wohnzimmer, komplett mit Tisch, Sesseln und einem großen Plasmafernseher. Dazu gab es Schlafkabinen für Langstreckenflüge, ein Badezimmer, eine kleine Sanitätsstation sowie eine Funkkabine mit einem satellitengestützten Computerterminal.

„Nicht schlecht", lobte Kyle, wobei er sich Mühe gab, sich die Überraschung nicht zu sehr anmerken zu lassen. „Ihr reist ja wie die Rockstars."

„Das Flugzeug gehört nicht uns, sondern der Stiftung X", stellte Charlie klar, der der Vergleich nicht zu gefallen schien. „Wir dürfen es lediglich ab und zu für unsere Reisen benutzen."

„Schon klar." Kyle winkte ab. „Wisst ihr, irgendwie werde ich aus euch Typen nicht recht schlau. Einmal tut ihr so, als ob …" Er unterbrach sich, als er plötzlich einen Einstich in seinem rechten Arm spürte. „Au", beschwerte er sich. „Was war das?"

„Eine Spritze zur örtlichen Betäubung", erklärte Kami ungerührt. „Sobald sie wirkt, wird Mr. X den Sender mit einem Skalpell herausschneiden."

„Kann er das denn?" Kyle, der in der Sanitätskabine auf einer schmalen Pritsche lag, schaute zu dem Mann auf, der in seinen Augen wenig Vertrauen erweckend wirkte. Nicht nur, dass der geheimnisvolle „Mr. X" die ganze Zeit über noch kein Wort gesprochen hatte. Er trug auch eine eigenartige metallene Maske, die die obere Hälfte seines Gesichts bedeckte und nur den Mund und das Kinn frei ließ. Kyle musste unwillkürlich an Darth Vader denken. Fehlte nur noch das Keuchen …

„Mr. X kann so ziemlich alles", versicherte Charlie, die sich zusammen mit Kami im Eingang der Sanitätskabine drängte.

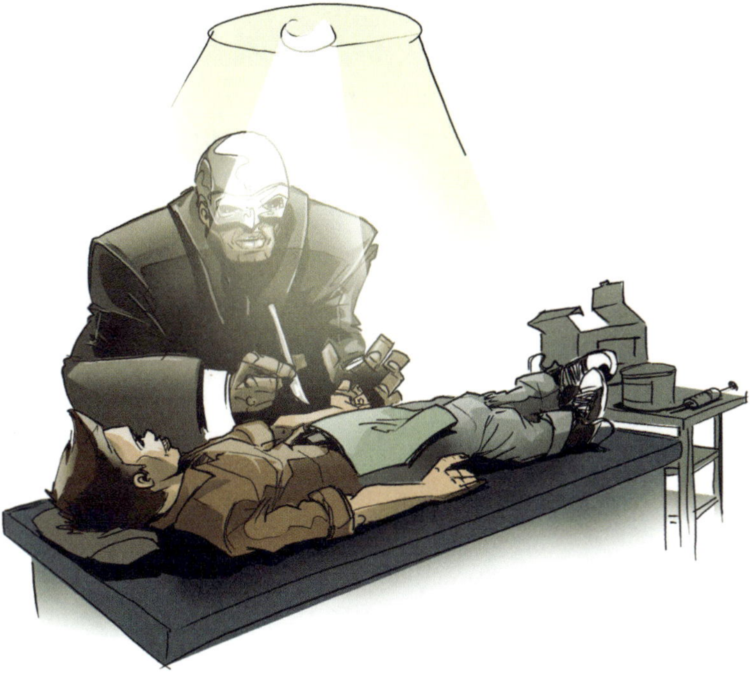

Kyle rang sich ein freudloses Grinsen ab. „Das sagst du so", meinte er, „aber woher weiß ich, ob … Autsch!"

Es war nicht wirklich ein Schmerz, den er an seinem Ellbogen spürte, eher ein leichtes Ziehen. Im nächsten Moment hielt Mr. X ihm etwas unter die Nase. Es war eine Pinzette, die ein winziges metallenes Ding umklammerte.

Der Sender …

„Das war's", stellte Kami fest. „Das Ding ist raus."

„Zum Glück", meinte Kyle erleichtert, während Mr. X die Schnittwunde versorgte und einen Verband anlegte. Die beiden Mädchen nahmen unterdessen den Mikrosender in Augenschein.

„Kaum zu glauben", sagte Kami, die ihre Bewunderung für das technische Meisterwerk nicht verbergen konnte. „So winzig klein und trotzdem so gefährlich."

„Gute Arbeit, Mr. X“, lobte Charlie.

„Ja, gute Arbeit“, stimmte Kyle zu. „Sie scheinen’s ja wirklich draufzuhaben. Operieren Sie öfter?“

Mr. X, der ihm gerade den Rücken zuwandte, weil er das Operationsbesteck reinigte und sich dann die Hände wusch, reagierte nicht.

„Vielen Dank, okay?“, sagte Kyle. Aber der Mann mit der Maske antwortete auch diesmal nicht.

„Sehr gesprächig ist er nicht gerade, was?“, wandte sich Kyle an die Mädchen. „Ich will mich bei ihm bedanken, und er …“

„Mr. X ist stumm“, erklärte Charlie knapp.

„Ernsthaft?“

„Über so etwas mache ich grundsätzlich keine Scherze“, stellte das Mädchen klar. „Vor langer Zeit hatte Mr. X einen schweren Unfall, bei dem er das Sprechvermögen verloren hat.“

„Verstehe.“ Kyle nickte. „Und warum sieht er aus wie einer von der dunklen Seite der Macht?“

„Bei dem Unfall wurde auch sein Gesicht entstellt“, erklärte Charlie sichtlich genervt. „Die Maske trägt er, damit Typen wie du ihn nicht ständig angaffen.“

„Hey, schon gut“, beschwichtigte Kyle. „Ich hab nichts gesagt, okay? Das mit meinem Arm haben Sie wirklich prima hinbekommen, Sir.“

Der Maskierte wandte sich um und nickte ihm zu. Dabei sah es aus, als würde der Mund unterhalb der Maske ein wenig lächeln.

„Mr. X ist uns ein wertvoller Verbündeter“, erklärte Charlie. „Er ist unser Chauffeur, unser Pilot und dabei noch unser Leibwächter. Und er ist der zuverlässigste Freund, der sich denken lässt.“

Das Lächeln wurde noch ein wenig breiter. Dann verließ der große Unbekannte die Sanitätsstation. Kyle setzte sich auf der Pritsche auf und prüfte den Sitz des Verbands. Perfekt. Er konnte seinen Arm sogar schon wieder beugen und strecken.

„Okay“, meinte Kami, „schaut euch den Sender noch mal an, bevor ich ihn unter dem Hammer zertrümmere ...“

„Nein!“, rief Kyle, der plötzlich eine Idee hatte. „Tu's nicht!“

„Warum nicht?“, fragte Charlie. „Das Ding hat uns genug Ärger eingehandelt.“

„Weil wir den Sender ebenso gut in einen abgeschirmten Behälter geben und später dazu benutzen könnten, Bata Clava zu ködern“, erklärte Kyle.

„Da gibt es nichts zu ködern“, sagte Charlie. „Du hast CONRAD gehört. Der Einsatz ist zu Ende.“

„Für euch vielleicht, aber nicht für mich.“ Kyle schüttelte störrisch den Kopf. „Dieser Mistkerl weiß etwas über meine Vergangenheit. Diese Chance werde ich nicht ungenutzt verstreichen lassen.“

„Was für eine Chance?“, rief Race herein, der draußen auf dem Gang war und einmal mehr den Ferrari flitzen ließ. „Doch noch erschossen zu werden?“

„Nein, Mann.“ An den Mädchen vorbei zwängte sich Kyle aus der Sanitätskabine. „Die Chance zu erfahren, wer ich wirklich bin. Und wenn wir es geschickt anstellen, bekommt ihr die Zugangsdaten zu Kangas geheimen Konten noch als Garnierung obendrauf.“

„Wie soll das denn gehen?“, fragte Charlie argwöhnisch.

„Hast du einen Plan?“, wollte Kami wissen.

„Und wenn?“, fragte Kyle dagegen. „Würdet ihr mitmachen?“

„Es käme darauf an“, schränkte Charlie ein.

„Worauf?“

„Ob du diesmal wirklich mit uns zusammenarbeiten würdest“, antwortete sie, „oder ob es dir nur darum geht, mal wieder dein eigenes Ding zu machen.“

„Ihr helft mir, ich helfe euch“, erwiderte Kyle. „Das ist der Deal. Einfacher geht's nicht.“

„Was meint ihr?“, wollte Charlie von den anderen Teammitgliedern wissen.

„Schwer zu sagen“, überlegte Kami. „CONRAD ist sicher nicht begeistert, wenn wir seine Anordnung missachten. Andererseits könnten wir Kanga vielleicht doch noch kriegen.“

„Und was meinst du, Race?“

Schumis Flitzer beschleunigte gerade wieder – um schon im nächsten Augenblick ein wildes Wendemanöver zu vollziehen. Race war dementsprechend geistesabwesend .

„Mir egal“, meinte er nur. „Ich bin auf jeden Fall dabei.“

Charlie schürzte die Lippen. Ihre grünen Augen musterten Kyle von Kopf bis Fuß, während sie sich alles durch den Kopf gehen ließ – und es war nicht schwer zu erraten, was sie dabei dachte. Kyle rechnete damit, dass sie die Gelegenheit nutzen würde, um sich für seinen Alleingang im Casino zu rächen. Um so überraschter war er, als Charlie plötzlich nickte.

„Also schön“, entschied sie, „lassen wir es auf einen Versuch ankommen. Aber keiner von uns wird den Lockvogel für Clava spielen, dass das klar ist. Das wäre zu gefährlich.“

„Keine Sorge“, versicherte Kyle grinsend. „Ich habe vor, den Sender jemand anderem zu verpassen.“

„Ach ja?“, fragte Kami. „Und wem?“

Statt zu antworten, bedachte Kyle Race’ knallroten Modellflitzer mit einem bedeutsamen Blick.

„Nein!“, rief Race. „Auf gar keinen Fall!“

„Und ob“, widersprach Kyle und konnte nicht verhindern, dass ein schadenfrohes Grinsen über sein Gesicht huschte.

Alles oder nichts

Hotel „L'Ambassadeur", Monte Carlo
Zimmer 828
19.18 Uhr Ortszeit

Arno Kangas Laune hatte sich nicht gebessert.

Nicht nur, dass jemand in seine Suite eingedrungen war – nun hatte man ihm auch noch seinen Glücksbringer gestohlen, ohne den Kanga niemals ein Casino betrat. Und zu allem Überfluss hatte der Dieb auch noch versucht, das Roulette zu manipulieren!

Kanga wusste nicht, wer der dreiste Junge gewesen war, aber ihm war nicht entgangen, dass er Turnschuhe getragen hatte – und die Abdrücke von Turnschuhen waren auch auf dem Teppich in seinem Zimmer zu sehen gewesen. Man brauchte kein Genie zu sein, um einen Zusammenhang zu vermuten. Aber worin bestand dieser Zusammenhang? Und warum in aller Welt hatte sich der Bengel ausgerechnet den Talisman gekrallt?

Kanga stand vor einem Rätsel. Erlaubte sich jemand einen schlechten Scherz mit ihm? Er konnte darüber beim besten Willen nicht lachen – und auch dem Casinomanager, mit dem er gerade telefonierte, war inzwischen das Lachen vergangen ...

„Bitte, Monsieur", drang seine flehende Stimme aus dem Hörer, „nehmen Sie unsere ausdrückliche Entschuldigung für den Vorfall. Es wird nicht wieder vorkommen, das verspreche ich Ihnen!“

„Das möchte ich Ihnen auch geraten haben“, schnauzte Kanga. „Wenn es jedem hergelaufenen Hochstapler gelingen kann, in Ihr Casino einzudringen und einen ferngesteuerten Magneten am Roulettetisch anzubringen, ist das Ihrem Ruf nicht gerade zuträglich.“

„Dessen bin ich mir bewusst, Monsieur“, versicherte der Manager zerknirscht, „und ich bitte Sie noch einmal um Vergebung. So etwas soll und wird nie wieder geschehen.“

„Na schön“, knurrte Kanga.

„Darf ich Ihre freundlichen Worte so verstehen, dass Sie Ihren Aufenthalt in Monte Carlo doch nicht frühzeitig abbrechen und uns noch einmal im Casino beehren werden?“

„Das dürfen Sie“, erwiderte Kanga, „aber ich erwarte eine Wiedergutmachung.“

„Natürlich, Monsieur. Die Bank wird sich erlauben, Ihnen einen Startbonus von fünftausend Euro zur Verfügung zu stellen.“

„Ich nehme das zur Kenntnis“, sagte Kanga nur.

„Wir dürfen Sie also heute Abend begrüßen?“

„In der Tat.“

„Vielen Dank, Monsieur“, flötete der Manager, „und nehmen Sie nochmals meine Entschuldigung dafür, dass …“

Kanga legte auf. Er hatte bekommen, was er wollte. Sich das Geschwätz des Speichelleckers noch länger anzuhören, dazu bestand keine Veranlassung. Der Spieler beschloss, eine Dusche zu nehmen, sich anzukleiden und dann wieder ins Casino zu gehen – ohne die Hasenpfote. Vielleicht, dachte Kanga, war es an der Zeit, sich von diesem abergläubischen Unsinn zu verabschieden …

In diesem Moment klopfte jemand an die Tür der Suite.

„Monsieur Kanga?“, drang die Stimme eines Mädchens herein.

„Ja?“

„Ihr Anzug, den sie in der Reinigung hatten. Er ist fertig.“

„Sehr gut.“ Kanga nickte. Endlich schienen sich die Dinge wieder in seinem Sinn zu entwickeln. Vielleicht würde es ja doch noch ein ganz amüsanter Abend werden.

Er ging zur Tür und öffnete – aber da war niemand!

Keine Spur von einem Zimmermädchen und erst recht keine Spur von seinem Anzug. Dafür stand – Kanga traute seinen Augen nicht – ein knallrotes Modellauto vor seiner Zimmertür.

„Was zum …?“

Der Spieler gab einen verblüfften Laut von sich, als das Auto plötzlich losfuhr und zwischen seinen Beinen hindurch ins Zimmer flitzte.

Was zum Teufel hatte das nun wieder zu bedeuten? Ein weiterer schlechter Scherz auf seine Kosten?

Verärgert warf Kanga die Tür ins Schloss. Er war wild entschlossen, das Spielzeug zu packen und in den Mülleimer zu werfen – als abermals das Telefon klingelte. Wahrscheinlich der Manager, der noch irgendein Kompliment loswerden wollte. Wütend riss Kanga den Hörer von der Gabel.

„Ja?“

„Monsieur Kanga?“, fragte die Stimme einer jungen Frau.

„Ja doch. Was wollen Sie?“

„Bitte hören Sie mir gut zu!", sagte die Anruferin. „Ihr Leben hängt davon ab, dass Sie genau das tun, was ich Ihnen sage."

„Wie bitte?" Kanga hatte das Gefühl, dass ihm das Blut in den Adern gefror. „Mein Leben ...?"

„Löschen Sie sofort die Beleuchtung in ihrem Zimmer und legen Sie sich flach auf den Boden."

„W-was soll ich?", fragte Kanga verwirrt.

„Es ist Ihre Zeit, die verstreicht, Monsieur, nicht meine. Tun Sie, was ich sage, oder Sie werden in wenigen Augenblicken ..."

In diesem Moment geschah es.

Die Fensterscheibe über dem Schreibtisch zerbrach mit hellem Klirren, etwas fegte ins Zimmer und klatschte in die Wand. Mit einem gellenden Schrei warf sich Kanga zu Boden, den Telefonhörer noch in der Hand.

„Monsieur?", fragte die Anruferin. „Sind Sie noch da?"

„J-ja verdammt", bestätigte Kanga geschockt. „Ich bin noch da. W-was wollen Sie von mir?"

„Das will ich Ihnen sagen, Monsieur. Hören Sie gut zu ..."

Über den Dächern von Monte Carlo

Zur selben Zeit

Vom Dach des Gebäudes aus, das sich Kangas Hotel genau gegenüber befand, beobachtete Kyle die Entwicklung.

Die Nacht war hereingebrochen, und die Hochhäuser der Stadt, die rings um den Hafen die Berge hinaufzuwachsen schienen, hatten sich in ein glitzerndes Lichtermeer verwandelt. Von der Seeseite kam ein kühler Wind, weit unten in den Straßenschluchten drängte sich der Verkehr. Aber Kyle hatte kein Auge dafür – seine Aufmerksamkeit galt Arno Kangas Zimmer und den dramatischen Ereignissen, die sich dort abspielten.

Der Killer hatte das Feuer auf Kanga eröffnet …

„Er hat geschossen!“, rief Charlie, die auf einem anderen Gebäude Posten bezogen hatte und mit der Kyle über Funk verbunden war. „Clava hat den Köder tatsächlich geschluckt!“

„Deine Idee, den Sender an meinem Flitzer zu befestigen, hat tatsächlich funktioniert“, pflichtete Race bewundernd bei, der wiederum auf einem anderen Dach saß.

„Klar, was habt ihr denn gedacht?“, erwiderte Kyle grinsend, während er sein Nachtsichtgerät auf die Fassaden der angrenzenden Häuser richtete. „Allerdings kann ich Clava nirgendwo entdecken.“

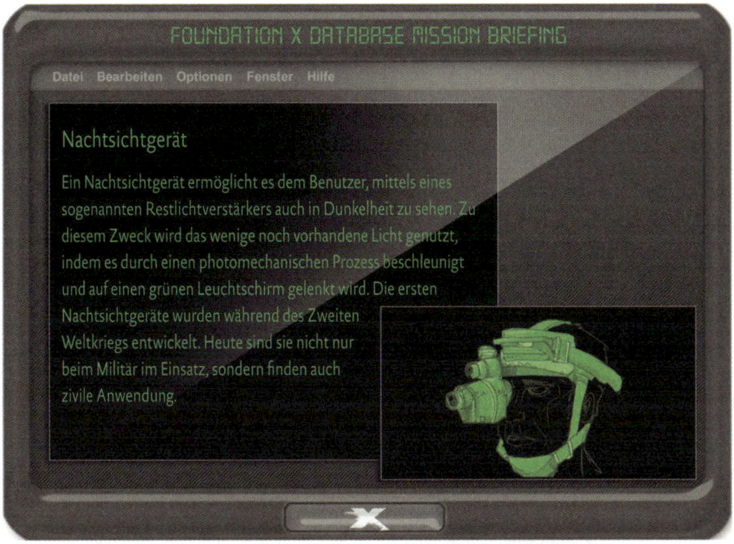

„Ich auch nicht“, meldete Race. „Was ist mit dir, Charlie?“

„Negativ, keine Spur von ihm. Wir werden wohl … Wartet, ich hab ihn!“

„Wo?“, verlangte Kyle zu wissen.

„Auf demselben Dach, auf dem du dich befindest, nur ein gutes

Stück höher. Das Metallgerüst, an dem die Leuchtbuchstaben festgemacht sind …“

Kyle schaute in die Richtung, die Charlie ihm vorgab. Da das Nachtsichtgerät keine Farben wiedergeben konnte, sondern nur grüne Schattierungen, dauerte es einen Moment, bis Kyle Clava ausmachen konnte – aber dann fand er ihn!

In nur etwa fünfzig Metern Entfernung hatte der Killer in einem der riesigen, mehrere Meter hohen Buchstaben Stellung bezogen, sein Präzisionsgewehr im Anschlag. Damit man ihn in der Dunkelheit nicht sehen konnte, war er von Kopf bis Fuß in einen schwarzen Anzug gehüllt. Dazu trug er eine ebenfalls schwarze Stoffmaske, die nur die Augen frei ließ.

„Ich hab ihn“, erklärte Kyle voller Genugtuung. „Er sitzt im großen ‚O‘.“

„Warte einen Moment“, forderte Race. „Wir sind gleich bei dir!“

„Das dauert viel zu lange“, antwortete Kyle entschieden. „Bis ihr hier seid, hat er sich längst aus dem Staub gemacht. Ich werde ihn mir allein holen.“

„Bist du verrückt?“ Charlies Stimme überschlug sich. „Du kannst von Glück sagen, dass er dich noch nicht entdeckt hat. Bleib in Deckung, hörst du? Das ist ein Befehl!“

„Du hast mir nichts zu befehlen“, brachte Kyle in Erinnerung.

„Aber du hast versprochen, keine Alleingänge mehr zu machen“, beharrte Charlie verzweifelt.

„Sorry“, knurrte Kyle. „Nur noch dieses eine Mal.“

„Das kommt nicht in Frage. Du wartest, bis … Kyle? Kyle …?“

Kyle hörte schon nicht mehr zu. Clava würde nicht lange brauchen, um zu begreifen, dass er reingelegt und auf das falsche Opfer angesetzt worden war. Dann würde er seine Sachen zusammenpacken und verschwinden. Das musste er verhindern!

Im Laufschritt rannte Kyle quer über das flache Blechdach auf das Metallgerüst zu. Dabei hielt er sich so, dass Clava ihn nicht entdecken konnte – jedenfalls vorerst nicht. Der Killer war tatsächlich bereits dabei, seinen Posten aufzugeben. Mit raschen Handgriffen zerlegte er sein Mordinstrument und packte die Bauteile in einen Koffer.

In diesem Moment langte Kyle am Fuß des Gerüsts an.

„He du!“, rief er hinauf.

„Was zum Henker …?“

Mit einer Verwünschung fuhr Clava herum – und Kyle drückte den verborgenen Knopf an der Armbanduhr. Zuerst hatte er sich geweigert, den hässlichen Wecker um das Handgelenk zu schnallen. Aber als Charlie ihm erklärt hatte, dass es dieses unscheinbare Ding gewesen war, das ihn bei ihrer ersten Begegnung außer Gefecht gesetzt hatte, hatte er es sich noch einmal anders überlegt. Er würde Clava mit einem gut gezielten Betäubungspfeil zur Ruhe betten und dann …

Aber es kam anders!

Mit fast übermenschlicher Reaktionsschnelle zuckte der Killer zurück und entging auf diese Weise dem Geschoss, das irgendwo in der Nacht verschwand.

„Verdammt“, zischte Kyle.

„Du?“, fragte Clava überrascht. Seine Stimme klang so abgrundtief und eiskalt wie ein dunkles Kellerloch. Die Maske dämpfte sie und ließ sie sogar noch unheimlicher klingen.

„Überrascht, mich noch am Leben zu sehen?“, fragte Kyle.

„Ein wenig, Junge – aber das lässt sich ändern!“

Damit sprang Clava von dem Buchstaben herab, den Koffer mit dem Gewehr in der Hand. Und noch ehe Kyle richtig begriff, was los war, setzte der Verbrecher den Koffer als Waffe ein und schwang ihn in seine Richtung.

Diesmal war es der Junge, der blitzschnell reagierte und dem Schlag auswich, indem er seinen Oberkörper zurückpendeln ließ. Anschließend schnellte er wieder vor und versetzte Clava einen harten Fausthieb.

„Nanu“, sagte der Killer und lachte erneut. „Wie’s aussieht, steckst du voller Überraschungen, Junge.“

„Und wie“, versicherte Kyle. „Wollen Sie’s ausprobieren?“

„Mit Vergnügen“, versicherte der Killer – und startete zum Gegenangriff.

Mit einem furchterregenden Kampfschrei sprang er vor und teilte eine Reihe vernichtender Hiebe aus, die Kyle jedoch alle abwehrte. Der Junge wusste gar nicht genau, was er da tat, aber er brachte seine Arme und Fäuste so wirkungsvoll zum Einsatz, dass Clava keinen Treffer landete. Auch dann nicht, als der Killer, der ebenfalls Karate zu beherrschen schien, das rechte Bein hochriss und nach ihm trat. Trotzdem hatte der Killer nur Spott für Kyle übrig.

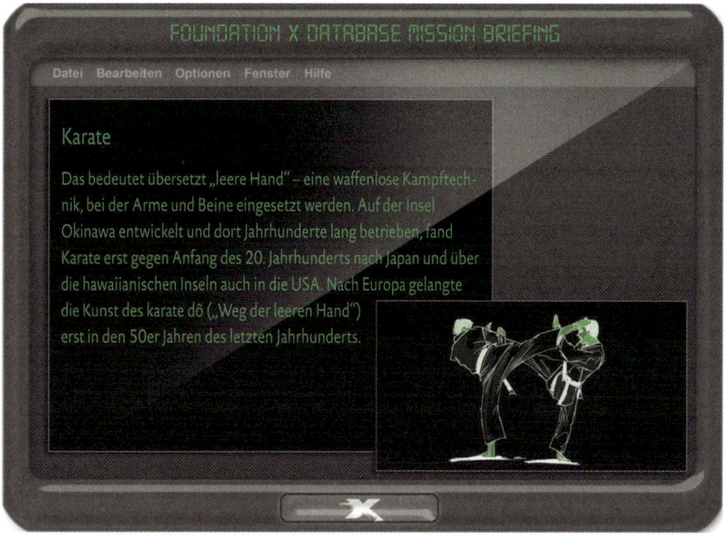

„Ist das alles, was du kannst?“, fragte er höhnisch.

„Für die Typen am Strand hat's gereicht“, meinte Kyle.

„Das waren Stümper“, erklärte Clava, „ich bin ein Profi. Obwohl ich zugeben muss, dass du ein harter Brocken bist.“

„Was du nicht sagst.“

Kyle brachte einen Fußtritt an und wirbelte blitzschnell um seine Achse. Dabei kam er dem Rand des Dachs gefährlich nahe. Kalter Wind blies von unten herauf, der Straßenlärm war zu hören, und für einen Moment blickte Kyle in den gähnenden Abgrund.

„Woooah“, rief er erschrocken aus.

„Was denn, Junge?“, höhnte Clava. „Dem Abgrund zu nahe gekommen? Das kann böse enden …“

Kyle dämmerte der Verdacht, dass der Killer Recht haben könnte. Vielleicht hatte er sich tatsächlich übernommen und sich mit einem Gegner angelegt, gegen den er allein keine Chance hatte. Die Erkenntnis, dass er auf Charlie und Race hätte warten

sollen, kam zu spät – denn in diesem Moment griff Clava erneut an, und Kyle stand mit dem Rücken zum Abgrund!

Er versuchte, die Hiebe abzuwehren, aber nun zeigte sich, dass ihm der Killer an Kraft und Ausdauer weit überlegen war. Ein harter Schlag traf ihn in die Magengrube. Nach Luft schnappend, taumelte Kyle zurück – und trat mit einem Fuß ins Leere. Dass er nicht stürzte, war Clava zu verdanken, dessen Hand vorschoss und ihn am Kragen packte.

Kyle stieß einen lauten Schrei aus. Mit den Spitzen seiner Turnschuhe am äußersten Rand des Daches stehend, hing er rücklings über dem gähnenden Abgrund, gehalten nur noch von der Hand des Killers.

„Nun?“, erkundigte sich Clava genüsslich. „Wie fühlt es sich an, am Abgrund zu stehen und zu wissen, dass man jeden Augenblick in die Tiefe stürzen wird?"

„B-beschissen", antwortete Kyle wahrheitsgemäß.

Clava betrachtete ihn durch die Sehschlitze seiner Maske. Der Killer hätte ihn längst fallen lassen können, aber irgendetwas schien ihn noch davon abzuhalten. „Wer bist du nur, Junge, dass sie deinetwegen so einen Aufwand betreiben?", fragte er.

„I-ich hatte gehofft, dass du mir das sagst", stammelte Kyle.

„Wie sollte ich?" Clava zuckte mit den Schultern. „Ich werde nur dafür bezahlt, dir das Lebenslicht auszublasen. Wer du bist oder was du ausgefressen hast, interessiert mich nicht."

„I-ich verstehe …"

„Aber ich lasse dir die freie Wahl", schnaubte der Killer und zog Kyle so weit zu sich heran, dass der wieder aus eigener Kraft am Rand des Dachs balancieren konnte. „Spring selbst, oder ich stoße dich hinab", bot Clava ihm an.

„W-was?"

„Ich zähle bis drei", sagte der Killer nur. „Eins. Zwei. Drei …"

Das Erste, was Charlie und Race hörten, als sie das Dach erreichten, war ein gellender Schrei – und bestürzt sahen sie gerade noch, wie Kyle Connor vom Dach sprang!

„Nein!"

Charlie konnte nicht anders, als vor Entsetzen laut aufzuschreien – auch wenn sie Race und sich dadurch verriet. Bata Clava fuhr herum und sah sie kommen.

„Sieh an", rief ihnen der Killer entgegen, der von Kopf bis Fuß schwarz gekleidet war. „Noch mehr von dieser Sorte! Habt ihr es mit dem Sterben auch so eilig?"

„Einen Scheiß haben wir", fauchte Race aufgebracht. „Sie sind ein gemeiner Mörder! Wir haben alles gesehen!"

„Schlecht für euch", sagte Clava nur. „Ich werde …"

„Nichts werden Sie", fiel Charlie ihm ins Wort, die ihren linken Arm hochgerissen hatte und mit der Uhr auf Clava zielte. „Nehmen Sie die Hände hoch, sonst ..."

„Was sonst?", höhnte der Killer durch die Maske. „Was wollt ihr tun? Mich mit euren Armbanduhren erschießen?"

„Wenn es sein muss", knurrte Race, der jetzt ebenfalls zielte.

Clava lachte nur. Für einen Moment tat er so, als wollte er sich ergeben und nahm die Hände hoch. Aber dann explodierte er in einer Bewegung, die so schnell und unerwartet war, dass die Jugendlichen nicht mehr reagieren konnten. Wie ein Panther sprang der Killer vor, rollte sich ab und warf sich hinter einem Kamin in Deckung.

Charlie, die ihren Betäubungspfeil zu hastig abschoss, verfehlte den Killer um mehrere Meter. Races Geschoß ging ebenfalls daneben, wie das spöttische Gelächter des Schurken bewies. Dann sprang Clava auf und lief davon, nicht ohne vorher noch seinen Koffer mit dem Gewehr zu schnappen.

„Hinterher!", schrie Race, während er rasch einen zweiten Pfeil nachlud. „Er darf uns nicht ent..."

„Hilfe!", erklang plötzlich eine vertraute Stimme, die jedoch von weit weg zu kommen schien. „Helft mir ...!"

„Was war das?" Charlie verharrte.

„Verdammt nochmal, helft mir ...!", tönte es wieder.

Charlie und Race wechselten einen Blick.

„Hiiilfe ...!"

„Das ist Kyle!", erkannte Charlie und war schon auf dem Weg zum Rand des Dachs. Race folgte ihr, und einen Augenblick später waren sie dort, wo soeben noch Bata Clava gestanden hatte – und von wo Kyle Connor in die Tiefe gesprungen war ...

„Kyle!", rief Charlie, während sie suchend hinabblickte. Weit unten waren Autos zu sehen und Fußgänger, die winzig klein waren. „Wo bist du ...?"

„H-hier“, drang es heiser zurück – und sie entdeckten ihn.

Kyle hing zwei Etagen tiefer an einem Balkongeländer, an das er sich mit beiden Händen klammerte. Offenbar war es ihm gelungen, sich im Fallen festzuhalten. Clava hatte es nur deshalb nicht bemerkt, da genau in diesem Augenblick Charlie und Race auf dem Dach aufgetaucht waren. Ein glücklicher Zufall, der Kyle wohl den Hals gerettet hatte.

„Gott sei Dank!“, rief Charlie erleichtert.

„Du lebst“, stellte Race wenig geistreich fest.

„Die Frage ist wie lange noch ...“, gab Kyle stockend zurück. „Kann mich ... nicht mehr lange halten ...“

„Los“, drängte Charlie. „Wir müssen ihm helfen.“

„Und was ist mit Clava?“, fragte Race und deutete in die Richtung, in die der Killer verschwunden war. „Er entwischt uns!“

„Vergiss Clava.“ Charlie schüttelte den Kopf. „Die Rettung von Teammitgliedern steht immer im Vordergrund, das weißt du.“

„Er ist kein Teammitglied, das hat er eben erst wieder bewiesen“, maulte Race trotzig. „Aber meinetwegen“, fügte er dann leiser hinzu, „ziehen wir ihn rauf.“

„Wir brauchen ein Seil oder so was“, überlegte Charlie und schaute sich suchend auf dem Dach um.

„Könntet ... ihr euch ... vielleicht ... ein bisschen beeilen ...?“, tönte es von unten.

„Ich hab's!“, rief Race plötzlich und lief zu dem Treppenhäuschen zurück, durch das sie auf das Dach gelangt waren. Für einen Moment verschwand er hinter der Tür, und das Klirren einer zerbrechenden Glasscheibe war zu hören. Als Race gleich darauf wieder erschien, schleppte er einen Wasserschlauch mit. Gleichzeitig begannen überall im Gebäude Alarmglocken zu läuten.

„Gute Idee“, lobte Charlie – auf den Gedanken, einen der Feuerwehrschläuche, die für den Fall eines Brandes in Glaskästen aufbewahrt wurden, als Rettungsseil zu benutzen, musste man erst einmal kommen. Dass dadurch auch der Feueralarm ausgelöst worden war, hatte sich nicht vermeiden lassen …

Sie eilte Race entgegen und half ihm, den Schlauch abzurollen. Sie hatten Glück. Die Länge reichte aus, um auch noch eine Schlinge zu knoten und sie zu Kyle hinabzulassen.

„Festhalten!“, forderte Charlie ihn auf, und der Junge, dessen Beine über der gähnenden Leere baumelten, griff dankbar zu. Dann zogen sie ihn nach oben, Stück für Stück.

„Verdammt“, stöhnte Race dabei, „bist du schwer! Was hattest du zum Abendbrot? Ziegelsteine?“

„Nur noch einen Meter“, presste Charlie hervor, die ebenfalls alles gab – und im nächsten Moment erschien Kyles kreidebleiche Miene über dem Dachrand.

„Wir schaffen es!“, jubelte Charlie.

„Hier, pack zu.“ Race hielt ihm seine Rechte hin. „Ich zieh dich rauf!“

Kyle ergriff die Hand, und indem er seine ganze Kraft einsetzte, gelang es Race, ihn vollständig heraufzuziehen. Keuchend sanken alle drei zu Boden und blieben liegen, ebenso erschöpft wie erleichtert.

„D-danke“, sagte Kyle, nachdem er wieder ein wenig Atem gefasst hatte. „Danke, dass ihr mich nicht habt hängen lassen ...“

Race schickte ihm einen strafenden Blick. „Weißt du, ehrlich gesagt hätte ich das am liebsten getan nach allem, was du dir geleistet hast.“

„Aber?“, fragte Kyle.

„Aber CONRAD hat uns nun einmal aufgetragen, ein Auge auf dich zu haben“, erklärte Charlie.

„Dann sollte ich ihm wohl ziemlich dankbar sein“, meinte Kyle, „und euch beiden natürlich auch. Das war ziemlich cool, ehrlich.“

„Wow“, machte Charlie und rang sich ein Lächeln ab. „Ich wette, es ist dir schwergefallen, das zu sagen.“

„Geht so.“ Kyle zuckte mit den Schultern.

„Okay“, meinte Race, während er sich stöhnend wieder auf die Beine rappelte und den Schmutz von seinen Baggys klopfte, „dann wollen wir mal verschwinden, ehe die Feuerwehr aufkreuzt und wir unangenehme Fragen beantworten müssen.“

„Und Clava?“, fragte Kyle.

„Soll das ein Witz sein? Der ist inzwischen doch über alle Berge. Den finden wir niemals wieder.“

Kyle biss sich auf die Lippen. Natürlich hatte Race Recht. Clava war ein Meister darin, unterzutauchen und sich zu verstecken. Der Killer war ihnen entkommen – und er, Kyle Connor, war schuld daran.

Ein ratterndes Motorengeräusch war deutlich zu hören, das sich rasch näherte. Tatsächlich tauchte plötzlich ein Helikopter aus dem Nachthimmel auf und sank auf das Dach herab. Im ersten Moment dachte Kyle an Clava und wollte die Flucht ergreifen. Aber Race und Charlie blieben ganz entspannt und winkten. Da begriff Kyle, dass ihr Taxi eingetroffen war.

Am Steuer saß kein anderer als Mr. X, der den Helikopter sanft aufsetzen ließ. In gebückter Haltung rannten die drei auf die Maschine zu und stiegen ein. Kaum hatten sie die Schiebetür hinter sich geschlossen, hob der Helikopter auch schon wieder ab, und die Stadt und ihre funkelnden Lichter fielen klein und winzig unter ihnen zurück.

13

Team X-treme

Landeplatz 94, Flughafen Nizza
0.24 Uhr Ortszeit

Es war bereits nach Mitternacht.

Ihren Stützpunkt im Hotel Juvénile hatten sie aufgegeben, ihr Gepäck zurück zum X-Jet gebracht, der auf dem Flughafen Nizza zum Abflug bereitstand. Während Charlie von der Funkkabine aus CONRAD Bericht erstattete, saßen Race, Kami und Kyle im bequemen Salon der Maschine beisammen und sprachen immer wieder über die aufregenden Geschehnisse des Abends, die jeder aus seiner Sicht schilderte. Schlaf hätten sie ohnehin nicht gefunden, dazu waren sie alle viel zu aufgeregt.

„Ich weiß nicht, wie's euch geht", meinte Kami schließlich, „aber ich bin eigentlich trotzdem ganz zufrieden. Immerhin hat zumindest die Hälfte von Kyles Plan funktioniert."

„Das stimmt", pflichtete Race ihr bei. „Immerhin ist Arno Kangas Glückssträhne endlich gerissen. Nachdem er glaubte, ein Killer wäre auf ihn angesetzt worden, konnte er es gar nicht erwarten, dir den USB-Stick mit den Kontodaten zu übergeben. Leid tut es mir nur um meinen Flitzer."

„Irgendwann kriegst du einen neuen", war Kami überzeugt.

„Weißt du", erwiderte Race mit geringschätzigem Blick, „ich glaube, ich kann ganz gut darauf verzichten."

„Tatsächlich?“ Kami war überrascht.

„Klar.“ Race grinste breit. „Ich hätt’ lieber das Original.“

„Mann, du bist wirklich unverbesserlich.“ Kami stieß ihn mit dem Ellbogen an. „Und was ist mit dir, Kyle?“, fragte sie dann. „Bist du auch zufrieden?“

„Naja, das sollte ich wohl“, antwortete Kyle. „Schließlich bin ich dank eurer Hilfe mit dem Leben davongekommen.“

„Aber?“

„Aber ich weiß immer noch nicht, wer ich bin, und das macht mich halb irre“, gestand er. „Hätte ich es nicht vermasselt, hätten wir Bata Clava vielleicht geschnappt, und ich hätte ein paar Antworten bekommen.“

In diesem Moment wurde die Tür zur Funkkabine geöffnet, und Charlie erschien. „Nein“, widersprach sie entschieden, „hätten wir nicht.“

Kyle, der düster vor sich hingestarrt hatte, schaute auf. „Bist du sicher?“, fragte er.

„Absolut. Hättest du nicht wenigstens den Versuch unternommen, Clava aufzuhalten, hätte er sich ohnehin aus dem Staub gemacht. Was du getan hast, war zwar ziemlich dämlich – aber auch sehr mutig.“

„Wow“, machte Kyle und rang sich ein Lächeln ab. „Ich wette, es ist dir schwergefallen, das zu sagen.“

„Geht so.“ Sie zuckte mit den Schultern und ein Grinsen zog ihre Nase kraus. „CONRAD will dich übrigens sprechen“, sagte sie dann und machte die Tür zur Funkkabine frei, „und zwar allein.“

Kyle schnaubte. Er konnte sich schon denken, was der Alte ihm zu sagen haben würde – er würde ihm seine Fehler unter die Nase reiben und ihn dann zum Teufel jagen. Und irgendwo hatte Kyle sogar das Gefühl, es verdient zu haben …

An Charlie vorbei zwängte er sich in die kleine Kabine, die bis unter den Rand mit Computern und Technik vollgestopft war, und schloss die Tür hinter sich.

„Sie wollten mit mir reden, Sir?", fragte er dann leise.

„Allerdings", drang die Stimme des geheimnisvollen Auftraggebers aus einem Lautsprecher. Der Bildschirm des Computers blieb dunkel. Wie der Typ aussah, würde also auch weiterhin ein Rätsel bleiben. „Wie fühlst du dich?", wollte CONRAD wissen.

„Soll ich ehrlich sein, Sir?"

„Ich bitte darum."

„Mir geht es beschissen", gestand Kyle offen. „Wie einer Pflanze, der man die Wurzeln abgeschnitten hat."

„Das kann ich gut verstehen", versicherte CONRAD.

„Bei allem Respekt, Sir – ich glaube nicht, dass Sie das können. Ich habe das Gefühl, mit einem Streichholz in der Hand durch einen finsteren Gang zu laufen. Ich weiß nicht, was hinter mir ist oder was vor mir liegt. Nur, dass ich mir die Finger verbrennen werde, wenn ich weiter suche."

„Nun", erwiderte CONRAD, „vielleicht kann ich dir helfen."

„Mir helfen?", fragte Kyle überrascht. Mit allem hatte er gerechnet, aber ganz sicher nicht damit, dass CONRAD ihm seine Unterstützung anbieten würde. „Wie, Sir?"

„Wie hat es dir gefallen, in einem Team zu arbeiten?", fragte CONRAD dagegen. „Freunde zu haben, die sich auf dich verlassen und auf die du dich verlassen kannst."

„Es war ... nicht schlecht", gab Kyle zu.

„Wärst du gern dabei?"

„Äh – wie bitte, Sir?" Kyle glaubte, nicht richtig zu hören.

„Ich habe dich gefragt, ob du gerne dabei wärst", wiederholte CONRAD. „Ich biete dir an, ein vollwertiges Mitglied des Team X-treme zu werden. Was sagst du?"

„Das – äh- ist sehr freundlich von Ihnen, Sir", versicherte Kyle. „Aber ich muss ablehnen."

„Aus welchem Grund?"

„Weil ich die anderen nur in Gefahr bringen würde", erklärte Kyle zu seiner eigenen Verwunderung. Auch wenn er es niemals zugegeben hätte – es war ihm nicht mehr gleichgültig, was mit Charlie, Kami und Race geschah.

„Clava hält dich für tot", brachte CONRAD in Erinnerung. „Wer auch immer dir also nach dem Leben trachtet, du wirst zumindest für eine Weile Ruhe vor ihm haben."

„Aber ich bin Einzelgänger", wandte Kyle hilflos ein. „Ich bin es nicht gewohnt, mit anderen zusammenzuarbeiten."

„Woher willst du das wissen, wenn du dich nicht an deine Vergangenheit erinnern kannst?", fragte CONRAD.

„Sir, hören Sie ..." Kyle rieb sich das Kinn, suchte nach den passenden Worten. „Solange ich nicht weiß, wer ich bin, wäre ich Ihnen keine große Hilfe. Vor allen Dingen will ich herausfinden, woher ich komme und warum diese Leute mir ans Leben wollen. Das interessiert mich im Augenblick mehr als alles andere."

„Und wenn ich dieses Interesse mit dir teile?"

„Was heißt das, Sir?"

„Ich möchte keine falschen Versprechungen machen, Junge", erwiderte CONRAD ruhig, „aber eines kann ich dir versichern: Dass sowohl ich als auch jedes einzelne Mitglied des Team X-treme alles daransetzen werden, mehr über deine Herkunft und deine Vergangenheit herauszufinden. Allein könntest du sicher manches erreichen, das bezweifle ich nicht – aber gemeinsam wären wir noch um vieles stärker."

„I-ist das Ihr Ernst, Sir?"

„Mein voller Ernst. Also, was ist?"

Kyle starrte auf den Lautsprecher, aus dem die Stimme drang. Er konnte kaum glauben, was er gehört hatte. Statt ihn zu schelten und ihn in hohem Bogen hinauszuwerfen, hatte CONRAD ihm angeboten, seiner Truppe beizutreten!

Einen langen Augenblick ließ sich Kyle das Angebot durch den Kopf gehen. Er musste daran denken, wie es gewesen war, allein und auf sich gestellt zu sein, und es gefiel ihm ganz und gar nicht. Dann dachte er an Charlie, Race und Kami, und obwohl sie manchmal ziemlich nervten, war nicht von der Hand zu weisen, dass sie … dass er …

Es kostete ihn Überwindung, den Satz zu Ende zu denken: *Dass er sie inzwischen als Freunde sah …*

„Also schön, Sir", erklärte er sich einverstanden.

„Du bist dabei?"

„Ja, Sir." Kyle nickte.

„Keine Alleingänge mehr? Du stellst dich in den Dienst der Sache?"

„Ich will es versuchen", versprach Kyle.

„Sehr gut, mein junger Freund", lobte CONRAD, und fast kam es Kyle vor, als würde der geheimnisvolle Auftraggeber lächeln, als er sagte: „Willkommen im Team X-treme …"

Epilog

Die Mitglieder der Organisation nannten diesen Ort den „Tempel“. Es war ein dunkles Gemäuer inmitten von Fels und Wald, über dem der Staub von Jahrhunderten lag.

Lady de Vipère kam nur selten hierher, und das war gut so. Denn auf den dunklen, von Fackelschein beleuchteten Gängen war Furcht ein ständiger Begleiter.

Die meiste Zeit über genügte es, mittels verschlüsselter Botschaften Bericht zu erstatten. Von Zeit zu Zeit jedoch verlangte der Großmeister, sie zu sehen. Entweder, wenn es neue Befehle gab, die sie ausführen sollte. Oder wenn sie sich für einen Misserfolg rechtfertigen musste.

Wie in diesem Fall …

Das Herz der schlanken Frau mit dem langen pechschwarzen Haar schlug schneller, als sie den Thronsaal betrat. Es war eine lange Halle, deren Decke von Säulen getragen wurde. Am Ende waren vor dem flackernden Fackelschein die Umrisse einer bedrohlichen Gestalt zu erkennen.

Der Großmeister …

Die Lady blieb stehen und verneigte sich tief. Dabei war sie bemüht, sich ihre Furcht nicht anmerken zu lassen.

„Nun?“, erkundigte sich der Großmeister.

„Ich bin gekommen, um mein Versagen einzugestehen, Meister“, gestand die Lady, deren Stimme sich nicht mehr wie das Zischeln einer Schlange anhörte, sondern wie das Winseln eines Hundes, den man geschlagen hatte.

„Was ist geschehen?“

„Clava hat einmal mehr zuverlässige Arbeit geleistet“, erstattete Lady de Vipère Bericht. „Nummer 13 wurde beseitigt. Ihn ausfindig zu machen war schwieriger, als wir zunächst angenommen hatten. Schließlich jedoch ist es uns gelungen. Er kann uns nicht mehr gefährlich werden.“

„Aber?“, wollte der Großmeister wissen.

„Im Zuge des Einsatzes“, fuhr Vipère kleinlaut fort, „hat die Organisation durch die Unaufmerksamkeit Arno Kangas einen beträchtlichen materiellen Verlust erlitten.“

„In welcher Höhe?“

„Fünfzehn Millionen Dollar, die auf den karibischen Nummernkonten gelagert waren“, antwortete die Lady leise. „Offenbar hat Kanga die geheimen Zugangsdaten weitergegeben.“

„Dann erwarte ich, dass er dafür bestraft wird“, erwiderte der Großmeister, bebend vor Zorn.

„Das ist bereits geschehen“, versicherte Vipère.

„Und ich gehe davon aus, dass Sie und Ihre Abteilung in Zukunft noch härter arbeiten werden als bisher, um den Verlust wieder wettzumachen.“

„Das werde ich, Meister“, versprach die Lady.

„Wir können uns nicht noch mehr Fehlschläge erlauben. Projekt Tantalus muss weiter vorangetrieben werden.“

„Ich weiß, Meister“, erwiderte sie. „Ich weiß …

ENDE

der Mission 1

Aber das Team X-treme kehrt zurück

in

DIE BESTIE AUS DER TIEFE

Das Team X-treme kehrt zurück!

Weitere spannende Michael Peinkofer TEAM X TREME -Abenteuer!

MISSION 2
DIE BESTIE AUS DER TIEFE

Ägäis, Mittelmeer: Eine Yacht mit jungen Leuten wird von etwas sehr großem, undefinierbar Unbekanntem angegriffen und verschwindet spurlos. Das Team X-treme soll den Fall aufklären und entdeckt, dass hier ein Weißer Hai sein Unwesen treibt – entgegen allen Regeln der Natur. Warum tut er das? Das Team X-treme sucht des Rätsels Lösung und macht eine unglaubliche Entdeckung …

Team X-treme – Mission 2
Die Bestie aus der Tiefe
ISBN 978-3-8339-3212-0

Auch als Hörbuch:
1 CD, 46 Min.
ISBN 978-3-7857-3556-5
€ 7,95 (D) / (A)

Michael Peinkofer

TEAM X TREME

MISSION 3
PROJEKT TANTALUS

Anatolien, Türkei: Der bekannte Archäologieprofessor Gordon Donovan ist während einer Ausgrabung spurlos verschwunden. Unfall oder Entführung? Das Team X-treme kommt einem möglichen Komplizen auf die Spur und gerät in einen Hinterhalt ...

Team X-treme – Mission 3
Projekt Tantalus
ISBN 978-3-8339-3213-7

Auch als Hörbuch:
1 CD, 42 Min.
ISBN 978-3-7857-3557-2
€ 7,95 (D)/(A)

Jedes Buch der Serie mit farbigen Illustrationen von Daniel Ernle
Je 145 x 215 mm, 128 Seiten, Flexcover
Je € 9,99 (D) / € 10,30 (A)